云五——著

一

他的无心之失，

吻

她的一生改变。

一

一吻的纠葛，

生

一生的牵绊。

图书在版编目（CIP）数据

一吻一生 / 云五著. —重庆：重庆出版社，2014.9
ISBN 978-7-229-07844-7

Ⅰ. ①一… Ⅱ. ①云… Ⅲ. ①长篇小说－中国－当代
Ⅳ. ①I247.5

中国版本图书馆CIP数据核字(2014)第079265号

一吻一生
YI WEN YISHENG
云　五　著

出 版 人：罗小卫
责任编辑：袁　宁
责任校对：杨　婧
装帧设计：之　易

重庆出版集团
重庆出版社　出版

重庆长江二路205号 邮政编码：400016 http://www.cqph.com
北京兴湘印务有限公司制版
北京兴湘印务有限公司印刷
重庆出版集团图书发行有限公司发行
E-MAIL：fxchu@cqph.com 邮购电话：023-68809452
全国新华书店经销

开本：710mm×1 000mm　1/16　印张：14　字数：200千
2014年9月第1版　2014年9月第1版第1次印刷
ISBN 978-7-229-07844-7
定价：28.00元

如有印装质量问题，请向本集团图书发行公司调换：023-68706683

版权所有　侵权必究

目录 / Contents

第一章　梨涡浅笑 / 001

第二章　月色清圆 / 009

第三章　她爱不爱他他爱不爱她 / 019

第四章　希波克拉底的誓言 / 029

第五章　我不是天使 / 037

第六章　最熟悉的陌生人 / 045

第七章　如果下一秒世界崩塌 / 055

第八章　泰美斯女神 / 067

第九章　三年之期 / 079

第十章　梦中未比丹青见 / 091

第十一章　原来你什么都不想要 / 103

第十二章　两个寂寞 / 117

第十三章　树叶是飞翔或坠落 / 127

第十四章　旧梦不须记 / 139

第十五章　舍不得，一程一程的纠葛 / 151

第十六章　深知心在情常在 / 161

第十七章　人生别久不成悲 / 169

第十八章　你的未来 / 181

第十九章　败给时间还是爱情 / 193

第二十章　在有生的瞬间能遇到你 / 201

第一章 梨涡浅笑

裴知味没想过会和伏苓纠缠这么深。

周六早上从伏苓家开车出来，堵在路上，裴知味心里琢磨着，是时候疏远伏苓了。

第一次见到伏苓是在袁锋的项目组年会上。袁锋是裴知味的远房表弟，标准的工科宅男，除在家打游戏，也就参加一点公司组织的活动。袁锋说你一个人过周末多无聊，不如一起去吧。裴知味懒得动弹，说你们公司的人我又不认识。袁锋说没关系，今天是项目组的小年会，你勉强也算个家属。

表姨总说袁锋为人太老实，要裴知味多看着，他平时工作忙，难得尽"兄长"之责，听袁锋这么一说，便穿戴整齐一起去年会。

袁锋供职的南方电讯是一家颇大的科技企业，究竟做什么，裴知味从来没闹明白过。有一次袁锋指着家中路由器上的Logo说："这是我们公司生产的。"裴知味噢了一声："你们公司做路由器的。"袁锋说不是。后来袁锋换手机，手机上也有公司Logo，裴知味又问："那你们公司做手机的？"袁锋说也不是，解释了很久，裴知味还是没弄明白。他学医袁锋学工，隔行如隔山，最后他想，那就是家科技公司吧，袁锋的说法是："你在市面上见到的那些通信器材，我们公司基本都生产，不过那些不是核心业务，我们的核心产品，都是给企业级用户的。"

难怪袁锋经常周末去给客户"修网络"，裴知味问他："你跟电信来家里装宽带的工人干的活差不多吧？"

袁锋很郁闷地纠正："都说了我们不是做个人用户的，我们的客户都是大公司！"

裴知味恍然大悟："哦，你是给大公司装宽带的！"

袁锋每次都被他气得直翻白眼。

裴知味起初觉得袁锋的公司很"抠"，老要周末加班，还不算加班费，袁锋反问："那你们医院不也半夜叫你去手术吗？"

"那能一样吗？那是人命！"裴知味想不通没加班费袁锋怎么还这么勤快，后来才知道，因为叫袁锋加班的是伏苓。

伏苓和袁锋同一条产品线，伏苓做售后，一般小问题就按照流程给客户解决了，大问题就得找技术部门，袁锋就是技术部门的。

裴知味问袁锋："她怎么老找你呀？"

袁锋嘿嘿一笑："大家关系熟嘛，就帮帮忙咯。"

到年会上那么一转，裴知味就明白了。伏苓专找袁锋去加班，不是因为"关系熟"，而是因为袁锋同组的技术人员多数已成家，有的还带着孩子，没结婚的也有女朋友。伏苓支使不了别人，也就只能使唤袁锋。

袁锋所在的这条产品线有五六十人，伏苓在售后部门，手下带三个人。裴知味顺着表弟的视线看过去，那是一个长得小巧玲珑，为人似乎也很玲珑的女孩，到哪里都在笑，走路在笑，说话也在笑——笑起来的时候，唇角两畔点出小小的酒窝，衬出和她熟练交际所不相称的天真和单纯。裴知味的目光在伏苓和袁锋间逡巡，三分钟后做出诊断——别人把你当傻子呢，只不过是没钱的傻子，只好让你卖力气罢了。

年会活动很热闹,演完节目后抽奖,按入场时的号码,裴知味抽到一个抱枕。奖品是伏苓笑眯眯发下来的,一个绿色的猪,裴知味掂掂那抱枕,也没看出什么好来。他余光一瞥,却见袁锋瞄着他手里的抱枕,眼睛都绿了。裴知味想,今天晚上袁锋得搂着这抱枕睡觉了。

看他眼含鄙视,袁锋忙解释:"愤怒的小鸟里的猪。"

"什么东西?"

袁锋掏出手机,展示给他看,这是近年手机上极火的游戏。不一会儿伏苓回来,轻皱着眉跟袁锋抱怨:"还想私吞一个大红鸟呢,结果被老杨的儿子抢走了。"裴知味看袁锋通完一关,也想不明白这种游戏有什么好火的。

抽完奖后吃尾牙宴,袁锋坐在伏苓右手边,裴知味又坐在袁锋右手边——当然不是巧合,这是袁锋觑准时机入座以确保自己能坐在伏苓身边的。伏苓敬完酒后,低下头来和袁锋说些什么,裴知味听得分明,伏苓是教袁锋去和几位领导敬酒。裴知味因为要开车没喝酒,冷眼旁观小表弟春心乱冒。

筵席散后有同事拉袁锋去玩三国杀,裴知味兴致缺缺,便说:"那你待会儿自己打车回家吧。"下楼取了车出来,正好瞧见伏苓探着头等车,可惜这城市到了八九点的工夫依然是车水马龙,来来往往一辆空出租车也没有。

裴知味靠边停车,摇下车窗问:"伏小姐,你去哪里,我送你一程吧。"

伏苓愣了一愣,四下张望,果然没有空车踪迹,踌躇着问:"你是袁锋的……"

"表哥,"裴知味亲切道,"上来吧,得等好一会儿呢!"

"那……谢谢了,"伏苓不好意思地笑笑,"你贵姓?你是……袁锋那个做医生的表哥吧？"

裴知味点点头："我姓裴。"

伏苓上了车，告诉他地址，又有一搭没一搭地聊着："裴医生哪一科的？"

"外科。"

"哦……那，做手术吗？"

"做。"裴知味笑道。

裴知味从车镜里看到伏苓又是一怔，她下午到晚上都是笑语盈盈的，大方却不张扬，听他说到自己的职业，忽然沉默下来。她脸上神色有些复杂，双唇微微张着，望着前方发愣，半晌后回过神来，仓惶笑笑："真不错，裴医生你胆子肯定特别大，我看到血就犯晕。"

伏苓脸上那种神情，裴知味其实很熟悉，每次别人听说他是外科医生，还是拿手术刀的，常常会有短暂的失神或发呆，尤其是未婚女性，尤其是大龄未婚女性。

外科医生，还上手术台的，意味着什么呢？

通俗来说，意味着有钱。

更何况裴知味还很年轻。

裴知味没忍住努努嘴，脑子里这么转了一圈，余光再瞥向伏苓时，发现她居然靠在副驾驶座上，微合着眼，似乎睡着了。

她脸颊红红的，大约晚上喝多了酒，车里又闷。

不知为什么，几次等红绿灯的时候，裴知味都忍不住撇头来看她。路况好的时候他也忍不住侧过头来，车内灯光昏黄，洒在她酡红面颊上，竟流露出几分妩媚。

几次三番后裴知味终于找到原因——睡着时的伏苓太安静，和平时袁锋口中的伏苓，以及下午年会活动上的伏苓，都太不一样了。

长长的刘海分向两鬓，到耳边微微卷起，她睫毛也长长的，在眼下投出淡淡的阴影，鼻尖微翘，唇瓣微红，小小酒窝也若隐若现……裴知味喉头一动，忍不住咽了咽。不知是他眼力太好，还是车里的灯太亮，连她面颊上的细微绒毛，似乎都清晰可辨。

到伏苓小区门口时，裴知味停下车，轻轻叫了声："伏小姐，到了。"伏苓没醒，他又叫了两声"伏苓"，她只抿抿唇，似乎嫌睡姿不舒服，扭了扭身子。他再出声，她便惊醒过来，看裴知味正盯着她，极羞窘地笑，手抬起来捋刘海，正好避过他灼灼的视线："啊，这么快就到了，不好意思……"

不等她开车门，裴知味径直将车开进小区："哪一栋，怎么走？"

"你把我放下来就好了，没有几步路。"

"没事，反正也没几步路。"

"谢谢，谢谢，真不好意思……啊左转，左转……"

他送伏苓到楼下，顺口问："你们公司不是有员工宿舍吗？听说条件还不错。"

舍公司福利宿舍不住，专门出来租房，不会是已经有男朋友了吧？裴知味心里想，那袁锋的殷勤，不都是竹篮打水一场空？

"我喜欢清静，不住宿舍的公司也有租房补贴。"看他不像赶时间的样子，伏苓又问，"谢谢裴医生，你要不要……要不要上来喝杯茶？"

裴知味凝望她半晌，眸光陡然加深，伏苓似乎也意识到什么，又不好收回刚出口的话，只好低头笑："谢谢裴医生，今天真麻烦你了，要不是你送我回来，还不知道要等到什么时候，那我就不送你出——"

"好。"裴知味一瞬不移地盯住她，"正好我想上个卫生间。"

电梯间里伏苓僵着身子，如临大敌地盯着楼层指示灯。裴知味心里好笑，他知道有些女人很善于用这种局促来体现一种别样的纯真和妩媚，该死的是，他居然真觉得她这局促不安的模样，有点纯，又有点媚。

卫生间里只有一个人的牙刷漱口杯，毛巾也只有一套，没有剃须刀，没有刮胡水……没有男人常住的痕迹。

出来时伏苓正站在饮水机旁，拎着一只马克杯，犹豫地问："你喝什么？我这里只有水、速溶咖啡和茶……哦这杯子没用过，"她又不好意思地笑笑，"我没事老喜欢买些杯子，看见漂亮的就想买。"

那杯子是还不错，素白的底，画着蓝色的海豚。伏苓已脱下外套，里头是件圆领粗线毛衣，黑色长靴脱了，穿着毛茸茸的大头拖鞋，毛衣往下是深蓝色及膝裙。

屋子里的陈设也是如此，素素的，装饰并不多，零星用作点缀的一两件物事，细长的花瓶，木制的鞋架，手工的抱枕……都温馨得很。

裴知味蓦地觉得屋里空气怎么也这么闷，伏苓的面颊还有点红，而他已觉出热来。

"水就好。"

她走过来，把水杯端给他，人却站在旁边不动，不知是想坐下来，还是要赶他走的意思。

伏苓忽然打了个酒嗝，猛地咳嗽起来，像被呛着了。裴知味把已递到嘴边的杯子又递给她，轻拍着她的背，让她坐下来，递水给她喝。她喝了水，仍停不住咳，不好意思地笑："对，对不起，最近有点，有点，天气老反复……"

她咳嗽时有点喘，空气里弥漫着轻微的酒意，裴知味记得自己晚上没有喝过酒，可为什么感觉这么醉呢？那轻微的喘息就在耳旁，他几乎未加思索地低下头来，笑说："我教你一个方法止咳。"

伏苓偏过头来，眼神里透出点茫然，已有些醉意。

只是一个吻，这不算什么……

不晓得什么时候，她开始搂住他的脖颈，呢喃了一句："你身上味道好熟。"像猫一样往他怀里蹭，贪恋地嗅着他的味道。

味道好熟？裴知味忍不住笑起来："很熟，嗯？"裴知味不用古龙水，他确信自己身上除了医院消毒水的味道外，不会有其他味道。

没有人会喜欢医院消毒水的味道。

然而这句话打动了裴知味。

他决定要对她好一点，忍住那突如其来的，让自己都惊诧的欲望，抱着伏苓进了卧室。

裴知味有点洁癖，比如床单每周至少换一次，睡觉前一定要洗得干干净净，哪怕刚做完一场七小时的长手术，也不能忍受自己倒头就睡。这一点他恨透了袁锋，自从袁锋搬到他新买的那套两居室里，他就不得不接受至少有一间房常年像狗窝的现实。

今天难得的例外了。

他发现自己也有点贪恋伏苓的味道，用伏苓的话说，"味道很熟"，像是一种与生俱来要让他沉醉的味道。伏苓大概累得很，蜷在他怀里很快睡着，呼吸均匀，唇角旁小小酒窝，引人深陷。

她肩膀窄窄的，光滑而白皙，裴知味微合上眼，忆起她白天里巧笑倩兮的模样，她笑起来很好看，也会打扮，穿着得体。

伏苓被他闹醒，迷迷蒙蒙的，在他怀里蹭着，一手拍在他脸上，很不耐烦地呢喃："猪头别闹了。"

猪头？

裴知味浑身肌肉一紧，猪头是谁？

裴知味当然知道情侣们热恋的时候什么肉麻的叫法都有的，

尤其在医院，那些陪男友吊瓶的姑娘们，那些陪女友开药的小伙子们，恨不得缝针变成连体婴，一分一秒都舍不得分开，小猪猪大笨熊大师兄小猫哥宝宝哥贝贝妹能让他把隔夜饭都呕出来。

可猪头是谁？

肯定不是袁锋，但也绝不会是他裴知味。

浑身的血液冷却下来，手机铃铃铃地响起来，是袁锋："哥你还没回家？"

"马上。"

裴知味盯着茶几上伏苓喝了半口的马克杯，他端起来，杯口上伏苓抿过的地方，有一圈极淡极淡的唇膏印。

他心里做着极煎熬的斗争，权衡再三后，掏出便笺本写下名字和手机号，塞到伏苓的钱包里。

第二天恰好急诊部转来一个重症病人，从手术台上下来，裴知味做的第一件事居然是去翻手机，没有未接来电。他想也许伏苓需要一点时间考虑，然而第三天、第四天、第五天……一直到春节放假，伏苓也没有电话打来。

第二章 月色清圆

　　裴知味考虑过找袁锋要电话，犹豫了几天没拿定主意，奇怪的是袁锋一连数日也没提起过伏苓，他整个人像打蔫的茄子一样，衣服都堆在洗衣机里也不洗。裴知味忍无可忍，推开袁锋的门准备揪他出来洗衣服，发现他开着电脑打游戏，人却一动不动地盯着屏幕，也没有操作键盘或鼠标。裴知味捂着鼻子走进来，发现屏幕上袁锋玩的战士早被人打死了。裴知味在他头上敲了两个栗子："发什么呆？一屋子馊味，连洗衣机都是馊的，你再不把衣服洗了明天给我睡天桥去！"

　　袁锋往按摩椅上一靠，盯住裴知味的目光难得地"复杂"了一回："哥，你觉得我是不是应该勇一把？"

　　"什么？"

　　"我不能坐以待毙。"

　　"你想说什么？"不等袁锋回答，裴知味已揪着他衣领，把他拎到客厅，"把衣服洗了，我要用洗衣机！"

　　袁锋先忘了放洗衣粉，后又发现一件衣服掉色没拣出来，手忙脚乱一阵后，又无头无尾地问："你跟嫂子怎么还不结婚？"

裴知味越发狐疑："她什么时候成你嫂子了？"

袁锋口里的"她"是邰明明，裴知味同院的女医生，本省妇科第一专家，货真价实，不是小广告上那种专治不孕不育无痛人流的。裴知味交过的女朋友们的共同点是身材高智商高情商高，邰明明更是其中的佼佼者。可这邰明明却不是裴知味的心头好，是裴母一哭二闹三上吊硬拉给他的。

"那你也不能老拖着，"袁锋的注意力转到裴知味身上，"你不急，明明姐怎么也不急呀，她明年就三十了。"

"你关心这干吗？"

此言一出，袁锋想起缘由，顿时又蔫了，好一会儿才说："伏苓过年回家相亲了。"

裴知味心里也是咯噔一下，口上却说："她相亲关你什么事？成了？"

"当然没有，今天我们聊天她吐槽呢，说相亲遇到极品，大过年的跑到麦当劳跟她大讲特讲女孩子该怎么勤俭持家。"袁锋极不以为然道，"她们家这都从哪里物色的对象？太差劲了！"

"那你想怎么样？"

"伏苓当然看不上这种人啦，可是万一被家里逼急了，又恰好相到一个还可以的对象——哎呀，我得赶紧行动！"袁锋急得心急火燎的，"问题是，怎么行动？你谈过这么多次，传授点经验怎么样？"

裴知味不动声色："你确定喜欢她？"

"我一直挺喜欢她啊，"袁锋诧异地望他一眼，又有点苦恼，"就是不知道怎么追，要是被拒绝了，以后同事间多尴尬。现在的问题是，我要再不行动，没准她就随便嫁人了！是不是兄弟，是兄弟的就传授点经验！"

"我没追过，都是别人追我。"裴知味毫不留情地从精神上给予袁锋致命一击，留他神情痴呆地晾衣服，自己退回房间，却也满腹疑窦。

原来伏苓想结婚，那她到现在还不联系他，就更奇怪了。

到第二天上班他还记挂着这件事，邰明明打来电话，提醒他不要忘了晚上的约。他和邰明明的约会都是很有计划的，按照两个人的值班表挑空闲时间定期吃饭，吐吐工作上的苦水，一个月看一次电影，或听一次音乐会。今天晚上市剧院有昆剧团的表演，他和邰明明都没有对什么事情特别有兴趣，也没有对什么事情特别没兴趣。

裴知味立在窗口吹风，让自己醒醒神。确定已经把那株茯苓草从脑海里连根拔起后，裴知味便下楼准备到三楼去找邰明明。

看到伏苓的那一瞬间，裴知味几乎要怀疑这是否出自幻觉，在三四楼间的楼梯口，他下楼，她从洗手间出来。他目不转睛地盯住她，她却视若无睹，目光毫无停留地从他面上扫过去，径自往三楼走廊深处走去了。

裴知味跟着伏苓的脚步，她病了吗？她停在内科门口，快到下班时间，看诊的人却一点不少，他看见伏苓低头跟旁边的一位老太太说些什么，又掏出手机看时间。裴知味略一思忖，走上前问道："伏苓？"

伏苓没料到他会主动跑过来打招呼，愣了一愣，没说出话来，旁边的老太太看裴知味一表人才斯文谦和的模样，笑问："苓苓，你朋友？"

"呃，认识，"她抬头时已准备好笑容，"裴医生原来你在这家医院。"

裴知味点点头，笑问："伯母吗？"

伏苓笑容淡淡："我妈最近头痛，睡不好，我带她来做个仔细检查。"

裴知味"哦"了一声，推开内科门诊的门，探头问一位正在脱白大褂的医生："林医生，你急着走吗？我这里有个朋友，她妈妈年纪大了，你不急的话，帮我看看再走？"

林医生点点头又穿回白大褂，裴知味回头朝伏苓招招手，却在伏苓也准备进门时把她拽出来。伏苓一惊，甩开他的手，脸上却仍是笑着的："谢谢裴医生。"

"反正林医生也准备下班。"裴知味往外走出几步，避开候诊的病人，"为什么不给我电话？"

伏苓仰起头来，极诧异地瞪着他："给你电话做什么？"

裴知味羞恼交加，咬牙切齿道："我听说你过年回去相亲！"

"这和你有什么关系？"伏苓好笑道。

"Goddamn！"，裴知味想起那天晚上她叫的那声"猪头"，似有所悟道，"你失恋了？所以，随便找个人接吻？"

"无耻！"

伏苓狠狠瞪裴知味一眼，扭头走进门诊室，裴知味正准备跟上前去，手机却响了，一看，是邰明明："你还没有好吗？我已经在楼下了。"

邰明明的科室也在三楼，裴知味脑子一转便明白过来，邰明明一定是看见了什么，给他留面子，自然也是给自己留面子，所以从另一个楼梯口下去了。

吃完情侣餐，看完昆剧后，裴知味送邰明明回家，上楼时邰明明问："要不要上来坐坐？"

很奇怪，他和邰明明一起也将近两年了，这居然是邰明明第一次请他上去坐坐。在此之前他既无此期盼，得到邀请后自然也就没有什么兴奋。

裴知味停在楼梯口，仍微微笑着："明明，我看……我就不上去了。"

邰明明个子高智商高外情商也很高，明白裴知味的意思后风度保持得很好："我知道了，晚上开车小心，拜拜。"

她以前是说再见的，这次说拜拜。

这一晚月色清清圆圆凉如水，裴知味循着记忆开车到伏苓住的小区，看今天的样子，伏苓是本地人才对，那怎么又不住家里？不对不对，裴知味想起前年袁锋托他买火车票，好像就是替伏苓买的……裴知味越想越糊涂，这么简单的一个问题，竟和伏苓这个人一样，变作一个谜团，像雪球一样在他脑子里越滚越大。

四楼的灯没亮，伏苓还没回来。裴知味倚着车门，惶惶间不知自己究竟在做些什么，又为什么来这里，想要达成一个什么目的……什么都没想清楚，他和邰明明一分开，第一个念头竟然就是来找伏苓。

伏苓，女，供职于南方电讯，其他信息一概不知。

也许二十六岁。

裴知味就这样倚着车门，静静地看着月亮，静静地看着伏苓踏着夜色回来。

仍是下午那身衣服，卡其色的大衣，黑色短靴，衬得她整个人轻盈袅娜，虽然……她自己也许并未察觉。

看清是裴知味后，伏苓停下脚步，皱皱眉，又走近两三步，神色戒备："你来干什么？"

裴知味笑容恬淡："我今天晚上看了场昆剧。"

"噢，裴医生果然格调高雅，我们这种俗人，就看不懂这些东西。"

"有字幕，头一次看也能看懂。"裴知味目光陡深，"今天看的这场叫《墙头马上》，男主角和我一样，也姓裴。"

"哦？那他也是个斯文败类吗？"

"对呀，他和女主角初见面就私奔，后来发现两家原本就订过亲，他们不用私奔也天生一对的。"

伏苓觉得裴知味那笑容很刺眼，反问道："哦，那女主角姓什么？"

裴知味一愣，还不及回答，伏苓又嗤笑一声："不会那么巧也姓伏吧？"

"不姓伏，姓李，"裴知味跟着她上楼，"五百年前都是一家。"

一进门她就被摁在门板上，他一只手去锁门，头凑过来要亲她，她拳脚并用地推他："流氓，变态，你再乱来我就报警了！"

裴知味轻轻松手，却仍箍她在两臂间，笑着问："猪头是谁？"

"什么猪头？"

裴知味死死盯住伏苓，估量着她是真忘了还是装忘了，可遇到她，不知为什么，就像整个人活过来一样，来不及想明白，浑身已燃起火来。裴知味忽就笑起来："你记清楚了，我姓裴，裴知味。神农尝遍百草而知味，最后那一草就叫茯苓。"

这时，袁锋的电话来了，阴阳怪气地说："哥你这昆曲怎么还没听完呐，晚上不回来了是吧？我把门反锁了！"她听得到一点声音，辨出是袁锋，等他讲完电话，便半嘲半讽地笑："真不知道是袁锋太不了解你，还是你太会伪装，怎么我平时从袁锋口里听到的你，和我看到的你，完全是两个人呢？"

"后悔了？"裴知味斜睨着她，"他口中的我是什么样子，你眼里的我又是什么样子？"

伏苓眼珠子转了两圈，笑："他口中的表哥简直就是尊神，医术高超，仁心冷面……"

"那你眼里的呢？"

伏苓笑着啐道："衣冠禽兽！"

裴知味弯起胳膊抬起她下巴，凑到她唇边问："嗯，衣冠禽兽？"

"别拿你那双手捏我下巴，你一捏，我就觉得自己像泡在福尔马林里的尸体！"

"原来你熟的是福尔马林味？"裴知味讶道，"来来来，我给你解剖解剖！"

伏苓脸一红，眼一白："你不是医院还有个女朋友吗？"

"你倒知道得挺快，这也是袁锋说的？"

"不是，"伏苓脸又一红，"下午干妈和那位林医生聊天时说的。"

"原来那是你干妈，我还想呢，你家要是在这边，你怎么不住家里。"

伏苓咬咬唇不说话，干妈最大的心事就是她的终身大事，今天碰到裴知味，马上就跟医院的医生们聊上了，谁知一打听，原来是名草有主，干妈路上还唉声叹气的。伏苓心里好笑，这才见了一面呢，就知道人是好男人了？

她撇开眼不说话，裴知味不自觉就解释出来："你今天碰到我的时候，我确实还有女朋友；但在我来找你前一刻钟，我又恢复单身了。"

"是吗？"伏苓尾音拖得长长的，挑眼来看他——信你才有鬼呢。

裴知味又笑，意味深长地说："亟待恢复，所以来找你给我疗伤。"

他一副好像已和她极熟稔的口吻，伏苓仰起头来问："裴知味，你多少岁？"

"你二十六？"

伏苓点点头："下个月就二十六整。"

"唉，老咯老咯，你要叫我叔叔啦！"

"去死！"伏苓叫着来掐他，他舌头一吐做被掐死状，"小生三十有三，虽未成家立业……"

伏苓悻悻缩回手："才三十三？今天林医生说你是胸心外科的副主任呢，电视里外科主任什么的，不都一群老头吗？"

这句话让裴知味听着很舒服，三十三，才。

他心情一好，便谦虚着解释几句："我们医院年资浅，很多基础设施不到位，所以有经验的老医生未必肯来，年轻医生多，外科讲究实战经验，就让我这样的先把坑给占了。"

"你真的是袁锋那个表哥吗？你不是什么骗子吧！"

"是骗子你现在也已经上两回当了！"

伏苓仍瞪着眼，裴知味伸手摸出身份证给她看，她翻来覆去看了几回，终于相信："也是，我又没什么好让人骗的。"

"还没什么让人好骗的？"裴知味好笑又好气，"我这是第几次进你们家门呐？一个单身女孩子，又一个人住，就没有点警惕性？"

他从她大衣口袋里翻出手机，从头找到尾，果然没有自己的名字，又找了一遍，发现也没有"猪头"这个名字。他余光瞥向伏苓，装作漫不经心的样子按进收件箱，居然也没有什么很亲昵的短信。

裴知味想起初见时伏苓那副精明伶俐的样子，心里无端又添出几分成就感来，工作上多八面玲珑的人，到他怀里还不是傻丫头一个？哼哼。

他不自觉笑出来，头一歪撞见穿衣镜里自己的模样，笑得唇角都快掀上天了。

我这是怎么了？裴知味忽有些后怕。

他身子往后微靠，不知怎么的，心里竟生起一股奇异的感觉。

觉得自己好像又活过来了。

他摊开手，下意识握握拳，好像是验证这双手是否还是自己的。为什么会有活过来的感觉？难不成过去那些年，他都是行尸走肉？

裴知味苦笑。

漫无思绪地就想到他读医的这些年。

很多同学都很羡慕他，裴知味有先天优势，父亲在医学界略有几分薄面，他看着胚胎标本长大的，五岁搂着骷髅标本拍照；七岁能分辨胚胎的月份；高考前在父亲的研究室里自习，书看累了就去瞅瞅福尔马林里的人体标本；进了大学，别的同学还处在晕血期的时候，他已经能协助学院老师带实验课了，那些不过是他初中高中打发时光的消遣。

父亲早教过他，当医生至关紧要的是头脑冷静，熟能生巧，什么事做得多了自然就有经验。

然而父亲忘了教他的是，凡事都有第一次。

第一次……第一次人体解剖，第一次临床实习，第一次病人不治，第一次……

裴知味不知道为什么，这么多年他能将那么多事都记得如此清晰，又会在这时候，一股脑全涌上心头。

伏苓说他"才三十三"，他忽然又高兴起来。

裴知味作息规律，一早就醒了，下楼找便利店买洗漱用品，他不知道伏苓早上喜欢吃什么，各式早茶糕点都买了些上来。

问伏苓今天什么安排，她刷着牙，吞吞吐吐好半天，最后犹豫着说："要跟干妈吃饭。"

裴知味从身后拥住她，半晌后很肯定地说："推掉。"

镜子里伏苓愣愣望着他，老半天后又说："约好的，现在才推不好。"

"都说是干妈了,哪天不能一起吃饭?"

伏苓含着牙刷,慢吞吞地说:"干妈托人给我介绍男朋友,约好今天吃饭呢。"

她声音轻轻的,目光幽幽的,像带着点期盼似的,裴知味脸色慢慢冷下来:"一定要去?"

"干妈说我年纪不小,再拖就嫁不出去了。"

裴知味看着刚摆上盥洗台的漱口杯和牙刷,蓦地有些后悔,他没再劝她,吃完早餐后很云淡风轻地跟她告辞。

从伏苓家出来,没多久就堵在路上了,裴知味心里琢磨着,是时候疏远伏苓了。

他竟忘了伏苓是一心要结婚的。

第三章
她爱不爱他
他爱不爱她

也谈不上疏远，因为他去伏苓家总共就两回，只是不知为什么，好像和她已经熟了很久，很久。

伏苓仍没有电话给他，有几次裴知味掏出手机，不自觉就翻到伏苓的名字，犹豫很久，又按下返回键，他暂时还不想被人缚住。

好在裴知味能用来困扰的时间并不多，他每天平均三到四台手术，最紧张时一个月过百，高强度高负荷。一进手术室别无选择，除了全神贯注一丝不苟地完成手术，天塌下来他也不能分神。

每次经过三楼时又不自觉地往里看看，有时候恍神，觉得伏苓又在那群候诊的人中间。他没事也喜欢去内科兜两圈，可也没谁会单独记得某位来看病的病患，更别提跟他聊起。

有一天突然在一楼缴费的窗口看到伏苓的干妈在排队，裴知味久旱逢甘霖似的扑过去，热情洋溢地问："您来拿药？怎么也不提前跟我说一声！"

伏苓的干妈也有点惊喜，不好意思地说："拿药这么点小事，怎么好麻烦裴医生呢。"

裴知味看她手里的单子，都是些高血压之类老人常见病的药，药不算太好，猜她是为省钱特意让医生开最便宜的。裴知味低声问："阿姨您用医保吗？"

"医保的药费每个月就一百多，按月打到卡里，早刷完了，苓苓说让我存着单子，她有办法帮我报一点。"

裴知味心道没听袁锋说他们公司还有这么好福利，九成九是伏苓自掏腰包，看她那牙尖嘴利的模样，没想到这么有孝心。裴知味把伏苓的干妈拉到一旁："您这药一年下来可不少，这么着吧，您把平时要吃的药都列个单子给我，病历也给我看看，我帮你找人开，便宜也方便。"

其实他买药一点也不便宜，但显然非医疗系统的人都认为他们是有特殊待遇的。伏苓的干妈看他的目光也立时就多了些崇敬，不住地说"这怎么好意思"，又说"有空我让苓苓请你吃饭"。说不出为什么，裴知味觉得伏苓的干妈看他的眼神里，除了崇敬，更多的是惋惜和懊丧。

裴知味记忆力很好，从那个周六，到今天，整整三十九天。

当天下班他就拎着药去伏苓那里，路上经过元祖，进去左挑右选，他想女孩子都喜欢巧克力，便买了款"LOVE情人"。经过花店时又买了束玫瑰，他原来觉得红玫瑰俗艳不堪，现在却想起伏苓皮肤白皙，衬红玫瑰，似乎也别有风味。

伏苓掩饰不住狐疑，门只开条缝，口气硬邦邦的："你来干什么？"

裴知味答得坦然："我把你干妈的药给你送过来。"

伏苓显然已听干妈电话知会过，没问他缘由，脸色仍僵着，开门让他进来。他把花搁在进门的柜子上，换了拖鞋，蛋糕放进冰箱，她倒水给他——两人动作都一气呵成得很，好像他们每天都是这样过一般。

杯子仍是那个素白底，画着蓝色海豚的马克杯，裴知味视线一直锁在伏苓身上，发现那杯子之前仍搁在托盘里，心里没来由地很满足。

裴知味坐到沙发上，看伏苓一盒一盒地数药，她低着头问："多少钱？"他不说话，伸手便搂住她。路上他想过很多要和她说什么，甜的咸的冷的淡的，可见了她，就什么也说不出来，好像进了这屋子，他就只想吻她。

这回她狠狠推开他，袋子里的药也撒了一地，她冷着一张脸问："多少钱？"

裴知味看她一脸贞洁烈女的表情，好笑道："不用了，也没花几个钱。"

他伸手拉她，又被甩开，伏苓冷笑问："你是不用花几个钱，我无功不受禄。"

裴知味脸上挂不住，眉头一皱："是你不给我电话的，这能怨谁？"

伏苓直勾勾瞪着他，冷嘲道："不是你怕被我缠住么？"

裴知味脸上红一阵白一阵："我什么时候说过这种话？"

"不是吗？"伏苓蹲下身拾药，有一盒药落到茶几下面，她单脚跪到地上，伸手进去掏，头侧过来，正好对着裴知味，一脸讥诮，"难道你不是听我说要去相亲，以为我逼你表态，所以落荒而逃吗？"

裴知味被她戳穿心事，却抵死不肯承认："我哪有？我只是——"他眉心拧拧，语气温和下来，试图缓和气氛，"我听你说要去相亲，心里有点不舒服。"

"真的？"伏苓紧紧盯住他，他目光炯炯地回视，绝不肯在这事上落给她话柄，不想她却笑道，"可我是这么想的，"她一字一句道，"我当时，是有一点想逼你表态。"

裴知味张张嘴，欲言又止，伏苓笑笑，神色嘲讽，"你这么想也正常，谁让我自己犯贱呢，换作我是男人，我也——"她话音未落，已被他封住唇，收拾到一半的药盒又散下去。半响后她又垂下头去拾药盒，耳后几缕头发被他弄乱散下来，她伸手去捋刘海，恰好掩住半张脸，低低地说："你放心。"

他们好像就此达成某种和议和默契。

这天晚上伏苓恰好生理期。裴知味斟茶倒水伺候得很体贴，帮她灌热水袋，陪她看电视。伏苓偎在他怀里，像安分时的猫儿，这感觉令他很安心，她的话也让他很放心，只是没来由地又有些怅然。

第二天裴知味甚至去接袁锋下班，袁锋跟伏苓一起下楼，裴知味盯着伏苓问袁锋："伏小姐住哪里，顺路的话我们送她一程吧。"

袁锋当然也很欢喜，他们在伏苓小区外的饭馆一起吃饭，伏苓坐在他们对面，吃着水煮鱼。

裴知味的工作很忙，胸心外科的谢主任和他父亲同龄，已近退休状态，一切疑难杂症都压在他身上。他在这一行如今也小有名气，如伏苓所说，种种电视或口口相传的那些内幕也不一而足。这工作早八晚十累身累心，往往下班后什么都不想做，什么也不想说。伏苓的业余生活亦很单调，上上网，看看动画片，打打小游戏。哪天手术安排得少，他就提前说一声，伏苓会在下班路上买好菜，晚上一起炒两个小菜，吃饭。

兴之所至，哪里都可以是战场；更多的时候，搂在一起看看电视也好。

裴知味不知道他和伏苓这样算什么。

不是刻骨铭心生死相许的爱情，亦没有天崩地裂海枯石烂的感觉，更谈不上白头偕老的海誓山盟。只是有空见见面，谈谈天看看电影，偶尔炒两道小菜，好像随时都可以分手，然而不见面时又会惦记。

她爱不爱他他爱不爱她，都不在考虑范围。

只是觉得这样的日子，如果一直延续下去，也没什么不好。

以前的裴知味以医院为家，现在他心底开始生出寻常上班族盼周末的那种急切心情。

天气转暖的时候，伏苓说想带干妈做次全身检查，老人家上了年纪，自然大病小病不断。伏苓的干妈姓文，裴知味叫她文阿姨，文阿姨原来吃药总舍不得吃好的，如今听裴知味再三保证说不费事，便也肯让他开些好药，只是她眼里的惋惜，又越发浓重了。检查时有裴知味带着，一路畅通无阻，很多平常医生懒得做的项目也都仔仔细细检查清楚，就差没拿手术刀开胸腔验个透彻明白。

到妇科时裴知味犹豫了一下，因为邰明明在这里，裴知味知道邰明明是很理性的人，断不至于在这里为难他，只是这样见面到底尴尬。他还没想好进不进去，邰明明恰好推门出来，哟了一声："什么风把我们裴主任给吹来了？"她一眼瞥见裴知味身后两人，立时脸就拉下来，似笑非笑道："这是谁要看病呢？"

裴知味说明来意，邰明明马上安排人给伏苓的干妈做检查，眼睛不住地梭向伏苓："小姑娘，你要不要也检查一下呀？"伏苓心里机灵着呢，一看就知道这位妇科医生来者不善，不肯被她叫小姑娘，更不肯让她觉得自己老，笑眯眯道："我未婚。"

"未婚女青年更应注重妇科保健，"邰明明笑得跟狼外婆似的，裴知味直想撞墙，早知道就不该从这里经过的，平白无故被邰明明挤对，待会儿还不知道伏苓要怎么整治他。邰明明说着就招了招手："小阮，来给这位小姑娘检查一下基本项目。"

话说到这份上，裴知味也不好说什么，笑着推伏苓进去。等伏苓走远，裴知味皱眉问："明明你干什么？"

"帮你检查清楚咯。"

"郜明明！"裴知味忍住怒气，"有任何不满你冲着我来。"

郜明明一肚子的火没处撒，事情过去也有一段时间了，她不知道为什么到这时候才想起来要生气。除了生气，还有许多说不清道不明的理由——原来裴知味就是为这么个小姑娘跟她分手，上次看得不真切，这次仔细打量过一番，也不知究竟有什么好！

心里到底不甘，郜明明不明白，裴知味怎么就这么容易让人上了手呢？她和裴知味同事有些年头，在一起是近两年的事，因为胸心外科谢主任和裴母的撮合。能进这家医院，要个人能力很出挑。她和裴知味属于格外优秀的，以致在医院里成为异类，和他们同一级别的都奔四十去了，也就剩下他们俩还能说上话。

想想裴知味这人也没什么好的，既不会特意讨她的好，更没什么甜言蜜语。但难得的是，他们说得上话——外行的人不懂她做妇科医生的苦，开口闭口只是夸她工作稳定收入高，不晓得这一行的风险；行内的人呢，又都羡慕她出身好，有父母在业内做后盾，做得再好都没人夸赞她一句。

也只有裴知味知道她的辛苦，因为他和她有着几乎完全相同的成长轨迹。

二十岁时还有爱情幻想，等郜明明到三十岁，择偶要求只剩下"能说得上话"了。

郜明明表情变幻莫测，裴知味也只好以不变应万变——其实他也不知道为什么，遇到伏苓，他好像变成了另外一个人。当然多数人还是觉得他没变，手术时下刀依旧利落精准，寡言，少语；回家面对袁锋依旧毒舌，尖刻，一针见血，唯一的变化，大概就是对伏苓吧！

伏苓租的地方不大，一室一厅的小居室，装修也很朴素，不过伏苓肯花心思，房东也算厚道，没怎么乱加价，所以慢慢地也被她布置起来。浅褐色的窗帘，阳光一洒，衬出柔和的光，茶几、书桌、衣柜、电视柜，家具不多，颜色相近，要仔细看才能发现并不配套，大概都是一样一样从家具市场淘来的，因为质量居然还都不错。裴知味还观察过伏苓的衣柜，衣服也不算多，但各种场合需要的都备齐了，日常工作的、见客户的、休闲的、正式场合的……不算很好的牌子，但穿在她身上倒也得体。

裴知味估量着伏苓是个挺会过日子的女人，现在这年月，女人既精打细算又能把自己捯饬得平头整脸的还真不多。他唯一想不明白的是，那伏苓把钱都花到什么地方去了呢？

这疑问没多久就探出点苗头，文阿姨有天自己到医院来拿药，顺便来探裴知味，裴知味恰好没事，便陪着她聊天。说着说着，也不知文阿姨想起什么，忽然眼泪就流出来了，拉着裴知味的手说："裴医生，你在这里当主任，认识很多人吧？有没有什么单身的医生你觉得合适的……帮我给苓苓介绍介绍？我这几年，就愁苓苓的终身大事，要不是被我们一家拖着，她这些年也不会熬得这么难，有时候想起来，真恨不得我们早点死了的好！"

她说这句话的时候正好伏苓来接她，伏苓的脸色倏地垮下来，裴知味头一回见她这么不耐烦的样子："行了行了，又说这种话，说多少年了，说来说去有什么意思呢！你不拖着我，你不拖着我你还能拖着谁？你都知道我难了，还老说这种话，嫌我心里好受了是不是？"

文阿姨被伏苓这么一凶，嗫嚅起来："我不是这个意思……"

"那不就行了！老跟外人说这种话做什么！"

文阿姨当真就不说话了，裴知味听出她前前后后话里的意思，原来这么多年文阿姨的生活和医药开销都是伏苓在负担。文阿姨总不愿意用好药，为的是给伏苓省点钱做嫁妆，怕她将来身上一点防身钱都没有，嫁人的时候要吃亏。

裴知味怎么听都觉得不是滋味，不只为伏苓，还为伏苓那句"老跟外人说这种话做什么"，她这样蛮横而不假思索地把他归结为"外人"。

因为在文阿姨跟前么？

裴知味试探过伏苓，文阿姨是否知道他们的事，伏苓反问"我们什么事"，裴知味便没再接着说下去，怕再说点什么会让伏苓难受，同时也不想显得自己太殷勤，被一个女人牵着鼻子走。

毕竟，他没觉得自己爱上伏苓，也谈不上什么喜欢，他只是享受现在和她在一起的状态而已。

这样的感觉，既然能凭空出现，也就很可能突然消失。

裴知味不相信肉体的感觉能够长存于世。

没多久文阿姨开始向裴知味打听医院各个科室医生的状况。

"你觉得内科的那位林医生好吗？我觉得他年龄稍微大了一点哎……"

裴知味一口气差点没提上来——稍微大了一点！林医生不是刚满三十吗！

"耳鼻喉科的韦医生呢？他学历是不是太高了，我听说他研究生毕业现在还在修一个什么博士……"

博士学历很高吗？我都博士毕业七年了！门当户对需要连学历也匹配得这么精准吗？

最后文阿姨的主意打到裴知味这里："裴医生，你们科室的小卞，为人你清楚吗？"

裴知味脑子里飞快运转，临床医学本硕连读，工作三年，年龄二十八……裴知味越想面色越凝重："文阿姨，你要考虑清楚，这小卞，他，他有点……"

"有点什么？"

"脱发。"

文阿姨嗨了一声:"脱发不是什么大毛病,我看他现在额头还好好的嘛,男人过了三十都开始秃!"

裴知味越发恼怒,我就没秃!

当然他脸上还是和颜悦色的:"他家境也不太好,听说还有个妹妹念书,经济上还要他支持。"

"哎呀……这么可怜!"文阿姨一脸同情,"现在这么顾家的孩子真是越来越少了,好多这个年纪的孩子玩心都重得很。我看卞医生少年老成,为人也挺踏实,原来还这么有责任心,跟我们苓苓真是同病相怜,肯定能体谅苓苓的处境。裴医生,这卞医生他有没有女朋友?"

第四章 希波克拉底的誓言

周六伏苓果然没工夫应酬他，裴知味一个人坐在伏苓的小客厅里，整个人如同西北高原上三个月没见过一滴水的黄土地一样——皮都快裂了！

不就一个女人么，有什么了不起？裴知味有的是办法让自己镇定下来，早上伏苓出门的时候，他原想讽刺她两句的。

伏苓这么坦然地去相亲，要么说明她没把相亲当回事，要么说明她没把你当回事——她都没当回事，你还在这里吃闲醋，丢不丢人？

到晚上伏苓回来了，钥匙转动的那一刻，裴知味终于发现，他不管念多少咒，想多少红粉骷髅，心里还是想着她的。

伏苓一脸困倦，是那种迫不得已应酬后的困倦，所以他也用尽万般手段来取悦伏苓。到最后伏苓皱着一张脸说"裴知味你别闹了"。

这样的话很久前她也说过一次，那还是他们头一回的时候，她沉醉欲眠，他偏要吻她，她推开他的时候说"猪头别闹了"。

这一回，她说的是，"裴知味你别闹了"。

悲欣交集。

午夜时分伏苓醒了一回，裴知味侧着身子，目光灼灼地望着她，伏苓吓得心脏险些停跳："你玩午夜惊魂吗，会吓死人的！"

裴知味过得很满足，然而周一到了医院，看到小卞他又浑身冒火，左思右想后他决定暗示性地向他摊牌。

他阴着脸，小卞也战战兢兢的，老半天后忍不住问："裴主任，有什么事吗？"

裴知味一脸冰霜："听说你最近很闲？"

小卞一脸茫然："没有啊，昨天我还在家准备德语考试呢，你不是说……"

"我说让你进修你他妈的还有工夫在这里给我谈情说爱？"裴知味一扬手把桌上的文件都掀起来，小卞被他这样吓傻了，他印象里裴主任从来没有骂脏字的时候，再难缠的病患，他那张北极寒冰脸一拉就能让人冻住；再艰难的手术，他都像机器一样完成得一丝不苟……什么时候骂过"他妈的"？

小卞脑子里灵光一现，猜测到问题关窍所在，心里忙不迭地怨文阿姨："裴主任，我也不想去，可是文阿姨一个劲地劝我——您看，是不是什么时候您和伏苓，不，伏小姐，你们跟文阿姨明说了，这就不用我陪绑了。"

裴知味脖子上青筋一跳一跳的，小卞再三表忠心后才敢跪安告退。

卞医生和伏苓的事到这儿就算黄了，裴知味没去打听究竟细节如何，反正这周末伏苓乖乖待在家。裴知味心情大好，亲自下厨给伏苓做早餐，端到她床头，一口一口地喂她："出去逛街？"

裴知味很久没逛过街，步行街上人流如织，远超他的想象。伏苓看得多试得少，被他逼着四处试，一定要她点头采买下一整套才肯罢休。他自己也置办了几件，因为他觉得临时买的意义不一样，临时买的，也可以临时丢掉。

他一路逛下来也没喊累，伏苓大为诧异，印象里男同事都不喜欢陪老婆逛街，几乎每次节后都有人吐槽老婆血拼起来多么可怕。裴知味这么识情上面，真是太值得怀疑，伏苓没忍住问："你逛街很有经验的样子嘛，经常陪女孩子们逛街？"

"是啊，你是第二百三十七个！"

冤家路窄，裴知味带伏苓去取车时，好巧不巧又撞到邰明明，身旁一个男人，提着她扫货的成果。他还没打招呼，那男人转过身来，却让他和伏苓都愣住了。

"袁锋？你怎么——"

袁锋的目光却死死盯在伏苓身上——他去电脑城买键盘，碰到邰明明，被抓了壮丁过来。邰明明说裴知味有了新欢，他还不信，谁知竟撞个正着！

更没想到的是，居然是伏苓。

裴知味勾着伏苓的手，那神态姿势，说不是一对谁都不会信——伏苓半个身子贴在裴知味身上，一副沉醉其中的小鸟依人模样；更令人称奇的是，他那个常年面部肌肉僵硬的表哥，居然在笑！

袁锋有一瞬间怀疑表姨第二胎生的是不是双胞胎，裴知味一定有个孪生哥哥或弟弟。身旁邰明明还拍拍他肩膀："你看，我说你还不信……咦，你们认识？"

裴知味很快换脸，皮笑肉不笑地和袁锋点点头，倒是伏苓礼节周全："邰医生你好，袁锋你也出来逛街？"

袁锋回过神来，扔下手里一堆包，二话不说冲上来揪开裴知味就给了他一拳。裴知味脸上结结实实挨了一拳，不还手，却转头去看伏苓，袁锋再要动手，邰明明已赶过来扯住他："你干什么？"

裴知味唇带揶揄："他不是为你动手。"

伏苓一脸尴尬："袁锋，你别这样。"

袁锋仍气咻咻的："我跟你讲，他不是个好东西，他都是骗你的，你别上当。你别看他人模人样的，其实他就是个——"

"我知道，"伏苓一口截住他，眼神里却是哀恩之色，"你的好意我心领了，你说的我都知道，真的。"

邰明明似乎明白了些什么，一边把袁锋往后拉，一边跟裴知味说："我那里有个病人要找你看看，昨天找你的时候你好像在手术，后来也没回我。"裴知味想起邰明明昨天下午给自己打过电话，当时他在上手术，出来后想拨回时伏苓的电话又进来了，他便没顾上那么多。他点点头，伏苓忙着把他往车里塞，等上了路，伏苓才问："邰医生，就是第二百三十六号吧？"

裴知味愣了愣，笑着嗯哼一声。

伏苓撇撇嘴，又说："我上次就怀疑了，原来是真的——长得挺漂亮的么，你怎么舍得和她分手的？还是她看不上你？"

裴知味笑笑，不说话只管开车，到晚上伏苓还惦记着这件事。

裴知味急欲结束这个令人崩溃的话题："我以希波克拉底的名义起誓，我和她对彼此都没有爱！"

"希波克拉底是谁？你干吗不用你自己的名义起誓？"

"电视剧电影不看得挺多的吗？前一阵刚看的《三个白痴》里有，什么记性！"

"哦，"伏苓仍狐疑道，"你记得那个誓言？"

裴知味恼道："我记得！"

裴知味碰到不少各式各样难缠的病患，但面对希波克拉底，裴知味可以很坦然地说一句，在他的柳叶刀所可以控制范围内，他竭尽全力，清白行医。

很多病患家属在手术前都挖空心思送红包，他那张北极脸的优势这时候就显出来了，他说不收，家属绝不敢再送，生怕触怒他适得其反。

裴知味也挺想不明白的，他一天几台手术，时时刻刻要保持精神高度集中，连发脾气的精神都没有。手术成败不仅关系着患者生命，也一样和他的前途休戚相关，怎么老有那么多不开窍的人认为他会一恼火就多开两刀呢？

不论如何，他是信希波克拉底的。

伏苓却不依不饶："真的没有感情？"

伏苓哼哼两声，裴知味笑着锁住她双臂："我的你审完了，男女平等，该轮到你了吧？"

"我的什么？"

"你如果是想结婚的话，袁锋其实是个不错的对象。"

伏苓略显吃惊地瞪着他——大概没想到他这么坦然，无耻的坦然，他竟然如此直白地和她讨论什么结婚对象比较合适。

说不伤心是骗人的，伏苓脸色一白，愣愣望着他老半天，才轻声说："我又不急，是干妈老担心。"

裴知味稍稍松了口气，其实这不过是个开场白，他心里最记挂的，还是那声"猪头"。

纵然后来的夜里伏苓再没叫错过，纵然他因男人那该死的劣根性有些洋洋自得，却多少有根刺梗在那里："你的二百三十六号，跟你在一起多久？"

伏苓的脸刷的一下更白了。

她转过身去，一脸慵懒模样："困了困了，睡吧。"

这回换作裴知味不依不饶："多久？"

伏苓怔怔很久，失魂落魄的，久久后还回不过神来："四五六年吧。"

一句话将裴知味浑身尚未消散的余韵彻底冻住，心上也像被毒蛇噬过一口一样，出口便是伤人之语："这么多年，你怎么也没把自己送出去？"

伏苓神色愈加伤心、懊悔和难过："我想给，可他不要。"

那神情难过得好像她至今仍在后悔一样！

"不是不要，是不行吧？"裴知味不晓得自己怎么说出这样恶毒的话的。

伏苓埋在枕头里呜咽起来。

一边哭她一边也没忘了留给裴知味一句："你今天回去吧，我累了。"

伏苓平时说话还斯斯文文的，怎么生气也不会口出恶言，话说到这份上，其实就是说：滚。

此时不滚，更待何时？

裴知味半夜三更从伏苓的香闺滚了出来。

他在心里跟自己说，这个女人以后就算跪在面前求他，他也不会再回头！

决不，决不。

一回家，客厅里横着几个行李箱，裴知味皱起眉，不知道袁锋又在闹什么脾气。他绕过行李箱，袁锋也听到开门声出来："你回来了？"

裴知味点点头。

"从伏苓家回来？"

裴知味蓦地后悔，觉得对不住伏苓。年轻女孩子想嫁得好些很正常，又不是什么错事，若不是他横插这么一脚，袁锋和伏苓也许还有机会——以伏苓的条件，袁锋这个对象倒也不算太差。

"你明知道我喜欢她！"袁锋气咻咻的，因为不精于吵架，一时想不出什么词来，老半天又说，"还有明明姐，你把别人拖这么久，说分手就分手，真不是个玩意儿！"

裴知味瞥他一眼："那索性让你一次骂完，刚才我又和伏苓掰了！"

"你——"袁锋冲过来揪着他又想揍人，看他唇角还有块青的，又放下手来，"你真是个人渣，我不跟你住了！"

裴知味也气不顺："你爱住不住！"

丢下这句话他就转身开自己的门,袁锋没料到他这么干脆,又扯住他袖子问:"你跟伏苓到底怎么回事?"

"没怎么回事,还有,你死了这条心吧,不管有没有我,她心里都没你这个人。"

袁锋被他噎住,等他关上门又在外面狂拍:"喂!我跟你说,她不是那种会跟人随便玩玩的人!你不要乱搞!你什么时候跟她开始的?你们俩怎么——喂,你开门!你这人怎么这样,没义气也就算了,到处玩弄别人——"

裴知味猛地打开门,恶狠狠道:"你再叫,再叫我就再去弄哭你心目中的女神!"

也许是被他吓着了,袁锋乖乖回房,第二天客厅里行李箱也都挪回去了。裴知味悄悄扭开他的门,见袁锋还窝在床上睡觉,大概昨夜又通宵做副本了。

对付完小表弟,表姨的电话又来了,问袁锋是不是谈恋爱了准备什么时候结婚,吓裴知味一跳。仔细一问,原来他妈妈和表姨,也就是袁锋的妈妈,不知道谁教她们一起注册了微博账号,一起关注了袁锋,把他八页微博逐条审核了一遍,发现他每天都转一个姑娘的微博,两个人在微博上还经常聊天,好像很谈得来,如此等等。

裴知味很多同事都有微博,他听说过很多次,因为忙也懒得注册,听表姨这么一说,心猜那女的就是伏苓。挂上电话后他立刻在手机上下载微博应用,搜到一些同事,逐一关注上,大家的微博内容不外乎转发各式名人语录、新闻段子或美食图。终于找到袁锋,第二条转发的名字就是——花雕茯苓猪。

鬼使神差地点进去,内容差不多就是生活流水账——公交车上中年男不给老人让座,谴责一下;中午公司食堂的狮子头有进步,表扬一下;这道电饭锅菜谱貌似很不错,MARK一记……头像是一幅钢笔线条画,水平还挺烂的,两颊上专门画了两个圈表示酒窝……

"哇，你在看什么，笑得这么high！"袁锋睡醒出来觅食，裴知味一惊，迅速按HOME键退出程序，表情恢复严肃："没什么。"

"肯定有，你刚才笑得很high！"

裴知味攥着手机进自己的房间，关门前丢下一句："管好你自己就行。"

反锁好门，裴知味又循迹搜出伏苓的微博，盯着屏幕右上角"关注此人"的按钮，纠结良久，不知该不该点下去。

第五章 我不是天使

到最后裴知味还是没关注"花雕茯苓猪",因为要找到她实在太容易,袁锋对伏苓的微博几乎是每条必转必评:同谴责,同表扬,同MARK。花雕茯苓猪,这名字亏她想得出来,好几天后裴知味才回过神来,花雕茯苓猪——茯苓猪,伏苓和猪头。

胸口一口闷气,无处排遣。

这回裴知味忍住了没去找伏苓,原因很简单,他忙得连刷微博的时间都没有。这两周他安排的手术数量不算多,偏偏碰上一位马凡氏患者同时患有其他多项疾病。会诊结果是必须切除不正常的心肌和组织、解除主动脉瓣狭窄、二尖瓣上狭窄、切除多余肺动脉壁、修复好肺动脉、置换主动脉根部瓣膜并进行冠状动脉移植,几乎没有一样是小问题。

讨论治疗方案就花了好几天,手术当天裴知味吃完早饭,十点上手术台,到凌晨两点才吃上第二顿饭。做完这台手术后他还没来得及休息,妇产科那边送来一位出生不足48小时的婴儿,紧急会诊后又是他执刀,完成手术后他倒头就睡,醒来后已是翌日下午。

没有认识伏苓的时候他的生活就是这样了,每次参加各种医学会议，许多医学界的叔叔伯伯向外国专家介绍他时，总要说他"家学渊源"，幼时"天赋过人"，最后是他稍显变态的手术频度。同行公开地称他为"手术机器"，常有人羡慕嫉妒恨地问，他脑袋里是否移植了高速运转的CPU，至少是四核的——其实那些都不是主要的，根本原因是他知道自己错不起。

上手术台自然有风险，他不是没有经历过手术失败，许多别的医院不敢收治或错过最佳手术时间的患者，抱着死马当活马医的希望寻过来，成功和失败各有几率。一些和父亲相熟的前辈批评他，说他不珍惜自己的名声，什么高风险手术都敢接。也碰到过患者刚下手术台就死亡的，打击不可谓不大，他学会接受疑难手术的失败，却无法接受因为自己的失误而让手术失败。

他学不会，也不敢学会。

谢主任让裴知味好好休息两天，原本安排的几台常规手术另外安排人做——当然也是不敢让他做。他到医院食堂点了满满一桌菜犒劳自己，等菜的空当打开手机，发现居然提示有伏苓的未接来电。

裴知味不大敢相信这是真的，左看右看半天决定拨回去，他心里有个幸灾乐祸的小魔鬼在提醒他：打过去吧，人家先找的你，给足面子了，以伏苓那性格，你再玩矜持就玩完了。

"你找我？做完手术太累，所以关机睡觉了，有事？"

"嗯，"伏苓迟疑了一下，仍说明缘由，"我一个朋友，最近大半年经常腹痛，检查过好多次都没查出原因，中午我们一起吃饭的时候她又发作了，痛得要打滚，她刚刚怀孕，我不敢乱送她去做检查，所以想到你……"

"现在情况怎么样？"

"疼了大半个小时才好，听说最近频率越来越高，去过几家医院了，都没查出问题，医生也没敢乱开药。"

裴知味条件反射的结论是腹痛不归他管，迟疑了一下却说：

"那有空你带我去看看吧。"

伏苓和他约好地点，他吃完饭、看过几本病历，就开车过去。伏苓的那位朋友叫裘安，说是本科对门寝室的，丈夫也是伏苓的本科同学，叫赵启明，刚领的证，还没来得及摆酒。

赵启明拿出裘安的病历来给裴知味看，在四家医院做过检查，无固定压痛点，也无其他异常。怀孕前肝胆脾胰胃都做过检查，血细胞分析和尿液检查也都正常，裴知味又问她平时作息饮食，也未见异常。

裘安说最近每天不定时地疼，上下左右完全没个准位置，聊了大半晚，她气色都挺好，说原来腹痛忍忍也就过去了。最近偏又怀孕，生怕有什么三长两短，三个月就辞职在家安胎，情况却丝毫不见好，反而有愈演愈烈之势。

裴知味无奈道："过度紧张也不好，平时适当的走动还是需要的，我看你们这小区环境不错，有空出去走走，在家听听舒缓型的音乐，"他抬眼瞥见桌上成尺厚的育婴书，暗自叹气，邰明明跟他抱怨过现在的孕妇个个如履薄冰，种种奇谈怪论简直可以编一本古今中外迷信禁忌大全，"还有你这身防辐射服，没必要，都是花冤枉钱。尤其你现在这种情况，更需要精神放松，衣服不透气，很可能起到反效果。"

"可是我经常去医院检查，你看医院里检查设备那么多，听说好多都有辐射，万一有影响怎么办？"

裴知味无奈地望着她，老半天后说："医院里的X光，你这种金属网也挡不住。"

"啊？那——那要什么才能防得住？"

裴知味面无表情道："铅板。"

裘安还没意会过来，赵启明已憋不住笑出来："看看看，医生也这么说吧，我跟你说过多少次这都是奸商们骗钱的把戏，你非不信。"裘安仍半信半疑，但又不敢冒犯裴知味的"权威"，只好进卧室换了衣服出来。

然后她拿着小本本开始问裴知味各种注意事项，从三四个月的注意事项一直问到产后如何发奶，还有小孩发烧感冒咳嗽的治疗偏方，裴知味脸色又冷下来："我不是妇科医生也不是儿科医生，这种问题你应该问专业人员，现在电视节目很多也做不得准，更不要看那些奇奇怪怪的养生书，有问题到医院找相应科室的医生。"

裴知味写下自己医院的地址和邰明明的名字，要裘安找邰明明坐诊时去看看。

赵启明留他们吃晚饭，大概是裴知味脸色冷硬太吓人，裘安没敢再问各种怀孕类问题，倒是和伏苓使了几次眼色。夫妻俩笑眯眯地旁敲侧击，他什么时候什么地方和伏苓认识，来往多久，关系进展到哪一步，问到伏苓都快恼羞成怒。

临走时，趁着伏苓叮嘱裘安放松心情，赵启明走到一旁，像托孤一般握着裴知味的手："裴医生，我们跟伏苓都是老朋友了，看到她终于……看到你们在一起，我们都很欣慰。伏苓是个好姑娘，裴医生你要好好照顾她。"

赵启明神色凝重得像送嫁的爹，裴知味暗忖今天他和伏苓还挺保持距离的，自我介绍只说是同事的表哥，认识，见过几次面——该不会是伏苓来之前说过什么吧？

这念头一出来，裴知味没来由地有些窃喜。

送伏苓回家，到车上两人忽然都沉默起来，裴知味不知说些什么，伏苓也沉默不言——今天两人也都装作上次什么都没发生似的，但其实隔阂还在，只不过都有意无意地想要回避。

半晌后伏苓忽道："你刚才好凶。"

"啊？"

"我说你对裘安好凶，你在医院也这么对病人吗？一张脸冷得可以做冰淇淋，不怕影响病人情绪啊？"

"我给她的都是最理性和最保险的建议，要说情绪，医生也有情绪，谁来关心我们？"

"你这话说得一点都不像白衣天使。"

"我不是天使。"

伏苓愣愣后问："可是，我听卞医生说你很受欢迎，你们科室二十来个医生，你收的锦旗最多，治好他们你不开心吗？"

"开心。"

伏苓噗地笑出声来："你脸板成这样说开心，谁信？"

"救死扶伤是医生天职，尽最大可能救助病人是应该的，但是坦白说，情绪……关心什么的，"裴知味转方向盘，车开入伏苓所住小区，"能免则免，对医生来说，对病人的过度关心，对他长期行医未必有利。"

"为什么？"

裴知味停好车，很自然地拖起伏苓的手进电梯："卞医生会告诉你我们治好病人很有成就感，但他不会告诉你，国内医疗资源紧缺，同一个岗位，国外的医生如果每天有两台手术，国内的很可能有四台。假设这类手术的成功率是95%，那么平均每周会有一起手术失败……"

他噼里啪啦地说下来，伏苓听得瞠目结舌，她以前还真没想过这种问题，只知道裴知味工作很累，听说他很牛，据说业内还小有名气——却不知道压力这么大。

裴知味笑笑，从她包里掏出钥匙开门，很主人的态度脱衣换鞋倒水，三秒钟把伏苓摁坐在沙发上："很感动？要不要犒劳一下我？"

伏苓的表情瞬间从崇敬变为鄙弃："流氓！禽兽！"

看她没什么精神，裴知味也不勉强，歪在沙发里搂着她："你朋友叫裘安是吧，我怀疑她是功能性肠胃病，不是什么器官有问题，主要是精神上的压力。"

伏苓转过身来，讶然瞪住他："嗳——你连这个都能看出来？"

裴知味一挑眉："她精神压力很大？"

"你刚才怎么不说？"

"那我只是看看病历，并没有详细检查，也许她以前没问题最近又有问题呢？这种诊断不能乱下，万一误诊漏诊，后果很严重。"裴知味思索道，"不过我看她该做的检查都做过，所以推测是精神压力过大，最近又怀孕，所以频率增加，算是合理推测吧。"

"我就知道是这样！"伏苓一拳砸在他手腕上，恨恨道，"还真以为她怀孕两个人结婚就没事了，死赵启明，王八蛋！"

裴知味回想起方才赵启明的态度，狐疑地坐起身来："你该不会和赵启明——"

"想什么呢你！"伏苓气呼呼的，"我像审美这么差的人吗？不是看在裘安和——"她脸色变了变，"不是看裘安的面子，这种烂人我连跟他说话都嫌脏！我们大学都是一个大班的，赵启明追裘安整整追了两年呢，当初看他挺老实的样子，没想到大学没毕业就劈腿。我们都劝裘安跟他分手，这种错误，不可饶恕！裘安非不肯信，说是我们误会了，呸，这种拆人姻缘的话我们会随便说？而且赵启明根本就是惯犯，真不知道裘安想什么，我们寝室和裘安寝室的女生，几乎都因为这事跟裘安吵翻了，你说裘安是不是有点好歹不分？我这要不是跟她一个城市工作，又看她这样，真懒得管她！"

裴知味一时愕然，他先前纯粹是从病历诊断，况且今天赵启明态度不错，完全看不出夫妻俩有什么问题。

"过年后拿到年终奖我想跳槽，就到晨音科技去面试，喏，赵启明在晨音科技做销售，我最后一次面试出来，正碰到他和公司一个小女生打情骂俏呢！就上个月，我去找裘安跟她说这事，结果你猜她怎么说？她说她怀孕了，赵启明跟她保证过不会做对不起她的事！天啊，"伏苓往他肩上一倒，"我真的已经不知道说什么了，她完全是五百年前的封建思想，整天想着什么守得云开见月明，觉得自己默默奉献牺牲，终有一天赵启明会明白没有人比她更爱他——不行了，我复述一遍都想死，现在都二十一世纪了！不是看在同学一场，我真不想管！"

裴知味没说话，老半天后又想起一件事，说："还有她那个本子上记的那些偏方秘诀，很多都不靠谱，八成都是网上什么某某小百科、实用叉叉叉之类的微博营销账号，"说起这个他又气不打一处来，他刚上微博没多久，关注了几个同事后发现几个同事都在吐槽这些，许多家长听信那些不知哪里炮制出来的"实用小技巧"，把孩子搞得痛苦不堪，以为又出新病送到医院来，"小孩有不少状况是过两三天就可以自愈的，这些家长用所谓的偏方治，过几天一看好了，还以为是偏方的效果到处宣传。可能对身体没有大的伤害，可是小孩子吃着难受，这些父母怎么就下得了手呢？你说老年人迷信，现在都二十一世纪了，科学怎么就砸不开这些人的脑袋呢？"

伏苓低头没敢说她有一次看网上的所谓揭秘，试着不掰开蚊香直接烧，结果烧得蚊香滋滋直冒烟，呛得她死去活来。她讪讪笑道："好啦好啦，我会跟她说的，以后有什么我都先请教你，行了吧？"

裴知味冷哼一声："要我有这么多工夫一个一个教，早都累死了。我是怕我哪天出点事，人事不省的时候，你学那些什么狗屁养生专家给我灌绿豆茄子泥鳅，我一代名医丧生于无知妇孺之手，说出去还不被笑死？"

想起前一阵火得不行马上又被揭穿是骗子的那几个养生大师，伏苓笑得肩头一耸一耸，正笑着，忽见耳边一只手伸过来。裴知味帮她把几缕头发捋至耳后，一张脸却仍垮着，问："你刚才说……想跳槽？发生什么事了？"

伏苓咬咬牙，不情不愿道："年终奖那点数字发下来就是气人用的，我考虑好久跳槽，面试好了之后就去找主管辞职。那个更年期女人，挽留我的时候可诚恳了，又骗我说给我申请加薪，信誓旦旦地说30%没问题！拖到我回绝了那边，她就跟我说最多加10%！你说这什么意思，能加多少不能加多少坦白说，何必做这种手脚？"

裴知味挠挠她头发算作安慰，她吐槽完后又恨恨道："所以我现在就开始消极怠工，不像以前那么拼命！"看她一脸决心不可阻挡的神情，裴知味哭笑不得，又听她问，"你呢，你原来不每天好晚才下班，怎么今天这么闲？"

"做完两场很复杂的手术，快虚脱了，主任放我两天假。"

"啊——"伏苓捂着脸尖叫道，"那我不是影响你休息？"

"别装了，你优先级最高，得意吧？"

伏苓笑嘻嘻凑过来，搂着他脖颈道："那我明天跷班，我们出去玩好不好？"

"好，别太远就行，免得医院有急事我赶不回来。"

伏苓猛点点头，一本正经地说："裴知味，我发现你在家里和在外面完全是两张脸哪。"

裴知味看她煞有介事的模样，便顺着她的话说："对啊，我最流氓最禽兽的一面都给你了。"

"哪，"伏苓睁大眼望着他，"你自己说的哦，裴知味，你其实挺喜欢我的对吧？没有我就不能活，是吧！"

第六章 最熟悉的陌生人

裴知味拧着眉瞪着她,脑袋像被碾过一样,完全不知道该说什么——天知道伏苓怎么会搞这种突袭!

他们什么时候谈过感情?

喜欢,伏苓?他一时紧张起来,不知道该说什么,他一动不动,目光却垂下来——攥着他的那双手也在发抖,再看伏苓的神情,虽是笑嘻嘻的,眼神里却分明透着忐忑。

他一颗心倏地定下来。

原来,她也不是不紧张的。

"对吧,对吧,我说得没错吧?"

裴知味稍稍安下心来,也不作声,享受着伏苓看似不正经态度下的如临大敌。他微微笑,想起今天伏苓给他的电话——其实,她也是在找借口想见他,对吧,对吧?

她介绍他认识她的朋友,跟他吐槽工作上的烦心事,这都是以前的伏苓绝不会做的。

"是啊,"他一本正经地说,"明天就去炒你主管的鱿鱼,告诉她姐不干了,姐有人养!"

"感动得心都碎了！"

"怕什么，哥是心外第一刀，碎成十片八片都能给你缝起来。"

"呕……我受不了了！"

伏苓尖叫着冲进卧室，拿被子把整个人都埋起来："裴知味，这么肉麻的话，你怎么说得面不改色的？真是功力深厚……"

这么肉麻的话，怎么说得出口的？裴知味问自己，很快他就找到答案——既然伏苓都能拉下面子先打电话给他，那就让他嘴皮子猖狂一下又何妨？

第二天伏苓真的找借口消极怠工，两人也没什么计划，简单用完早餐后裴知味便指挥道："不如去晨跑吧，对身体有好处。"

伏苓毫不犹豫地拒绝："我讨厌跑步。"

"你不是……一直喊着要减肥？"

伏苓摸摸小肚腩，颇心虚道："我……我又不胖。"

最后那个字的声音极低极低，裴知味暗自发笑。他忍住笑说："锻炼身体有好处，你看你天天趴在电脑前看电视电影动画片，腰是硬的，脖子也是硬的，这样下去迟早英年早逝。听医生的没错，走走也是好的，早上运动一下，白天精神会好很多，乖。"

伏苓没办法，但出门后仍千方百计抗议。

裴知味不紧不慢道："你家附近有健身房，我们去办张卡。"

"不要，"伏苓叫起来，"办健身卡最浪费钱！我办过，除了第一个月再没去过。"

裴知味不紧不慢道："没关系，以后我会监督你去。"

伏苓不知道裴知味什么时候考察过她家附近的地形图，她在这里住了三四年都没发现有家档次颇不错的健身房。现在她相信裴知味说外科医生是个体力活的话了，她调到最慢速后仍差点瘫在跑步机上，他却轻松跑完万米后很惋惜地说："今天就不游泳了，等你跑步先坚持下来再说。"这句话成功地让伏芩从跑步机上栽下来，死尸状倒在他身上："你为什么不直接杀了我更干脆一点？"

可惜这丝毫未动摇裴知味把她训练成长跑健将的决心，他慢条斯理地列举她身上各种Office Lady的职业病，一脸"你身体不好简直是我的耻辱"的大义凛然。最可气的是他还买了一本村上春树的《当我谈跑步时我谈些什么》送给她，伏芩抱着沙发负隅顽抗："他不是作家吗？干吗非跟跑步过不去？"

"他为了保持充沛的体力精力写作开始跑步，一坚持就是三十年。"

伏芩嘴巴张成O形："当作家还需要体力？"

裴知味拎起客厅角落里她收集的全家桶包装说："不止，还有这个，以后禁止周末在家抱着全家桶看一整天的电影不挪窝。"

为彻底根除伏芩一不出门就埋在家里叫外卖快餐的不良习惯，裴知味又专制地指导伏芩改善营养，此菜富含纤维，彼菜营养均衡，此肉蛋白含量高，彼鱼肉质细嫩，大有一副要红红火火把日子过起来的架势。超市大扫荡后已临近中午，裴知味看看战果，很满意地挥手，表示结束战斗可以回家了，伏芩长舒一口气，幸亏裴知味有车，换她一个人无论如何也不敢买这么多东西。

回到家伏芩稍稍收拾后，对着整整一星期分量的菜问："你不来下厨吗？"

裴知味很诧异地望着她："我准备留给你发挥一下。"

"你买这么多，我怎么可能都会做？谁知道你要吃哪样。"

"你不是什么菜都会做吗？"

伏芩也诧异回瞪他："你怎么会有这种错觉？"

"我看你会做——"裴知味掰着指头数，"三杯鸡、啤酒鸭、东坡肉，这些菜都很需要技术！"

"荤菜我就只会这三样！"

裴知味惊叹道:"那素菜……你该不是也就会炒茄子炒土豆丝炒菜心炒苦瓜这几样吧?"

"对啊,荤素搭配,正好能凑齐一桌,很拿得出手了,"伏苓得意道,"现在很多人连葱和蒜都分不清楚呢。"

"你以后嫁人怎么办?"

"让他做!我下载了好多做菜的视频教学,正好让他看着学!"

裴知味眯起眼:"你嫁不出去。"

"胡说,我老家都是男人掌勺。"

"世界上怎么会有地方是男人做饭?"

"我家里就是我爸做,我同学家也都是。"伏苓叉腰道。

伏苓立在冰箱旁,上上下下审视裴知味良久:"裴知味……莫非你也就只会煎溏心蛋这一招绝技?"

裴知味给伏苓做过几次早餐,都是简单三明治加溏心煎蛋,外酥内软,好吃到让人连舌头都能吞掉,还专门网购回一套模具,煎成梅花形心形之类,显得在厨艺上颇有造诣的模样,却原来——也就是一招鲜。

到这步田地,两人心照不宣地承认彼此都太会伪装了,把自己打扮得一副居家过日子的模样,其实来来去去就那么几手。好在两人厨房基础还是有的,对着网上搜索出的菜谱,做出四菜一汤,也都能下口。裴知味逐一试菜后叹道:"你还有什么是伪装的,我有心理准备了,一次性告诉我吧。"

"我哪有,"尽管心里勉强承认自己有那么一丁点儿装贤惠的嫌疑,但输人不输阵,更何况她连输人都谈不上,"我照顾自己的生活完全没有问题,是你期望值过高判断失误!"

"你还敢说照顾自己的生活完全没问题?"裴知味毫不留情地戳穿她,"头一次见你我觉得你特别会生活,一深入接触,你的生活只能用两个字来形容!"

"哪两个字？"

"颓废。"

说完，裴知味狼爪一伸，想揉伏苓的头发。

"好好吃饭！"

裴知味缩回手，舀一勺汤喂伏苓："你再仔细回想一下，还有什么可能引起我过高期望值，可能判断失误的地方，我好先自行调整一下。"

伏苓笑眯眯不说话，吃到七八分饱，她才斟酌着说："我确实有件事情要跟你说。"

裴知味扬起眉，以眼相询。

他一抬头，伏苓不知怎么就紧张起来，想好的许多话也忘了次序，哑巴半晌后急促道："我觉得你昨天说得挺对的。"

"昨天？"

"就是，你跟裘安说的那些，"伏苓努力理清思路，"看病就得找医生啊，医生治自己专业的病，病人也应该配合。"

"你病了？"

"不是，我是说道理都一样，做事应该清清楚楚明明白白，就像看病一样，要遵照医嘱，什么事该做能做，什么事不该做不能做，都要事先讲清楚。定好一个大家都能接受的规矩，然后在这个框框里，可以照自己的意愿来。"

"嗯哼。"裴知味敛起笑意，"然后？"

凡事开了头，后面就容易得多，伏苓盯住汤碗，很容易便理清了一二三："我觉得跟你谈场恋爱应该还不错，所以，我们也应该事先把规矩都说好。"说完这句后她飞快瞥裴知味一眼，"我昨天想了一整晚……我说得对吧？"

好像很对，又好像有哪里不对。

"上次突然发脾气让你走，是我不对，"伏苓坦白道，"但是我想让你知道，我为什么不高兴。"

裴知味未接话，眸光却陡然深邃起来。

伏苓目光又移回汤碗："你问我和上一个男朋友在一起有多久，我说有将近六年，这是真的，但是……这其中有近三年，他都在病床上。我们是大学同班同学，他，他跟赵启明一个寝室，现在你知道我为什么跟他们两口子走那么近了。"

裴知味想起昨天赵启明那番殷切叮嘱，那种紧张神态。

"我们军训的时候认识，没多久就在一起了。平时，就跟大学里男女朋友一样啊，上自习，逛街，看电影，我们打算好结婚的。"伏苓捋捋额前刘海，声音稍稍低下去，"后来他身体出了些问题，我想过结婚的，他说等等身体好转再说，结果越等越坏，再后来，他就不肯。"

裴知味羞愧得不知说什么好，人总有这种主观偏见，邰明明有次碰到一个未成年女孩来打胎，心里禁不住怪责她不自爱，之后有警察来取证，才知道那女孩是被强暴，而且顶着父母压力出庭作证。他那样刻毒轻贱伏苓的时候，也未曾想过那是个有情有义、不想拖累她的男孩……

他估算伏苓的年纪，没准还是初恋呢。那样干净的时光里，恋人们都恨不得为彼此付出一切。那男孩知道自己命不久矣，不肯耽误她——他不敢再想下去，自己那天晚上说的话，用万死莫赎来形容都不过分。

他很诚恳地认错："对不起。"

"我不是要怪你呀，"伏苓努力拉开嘴角给他一个笑容，"你不知情嘛，而且事情都过去那么久，我都快不记得了。"

裴知味愈加羞愧。

"不知者不为罪，"伏苓的声音急促又轻快，"只是我突然想起来有点伤心而已，现在没事啦。我就是告诉你，你用那种口气说话我当时很伤心，又很生气，但我不是要怪你，就是想跟你说清楚，以后不要拿这件事开玩笑。"

裴知味伸手握住她，他不知该做些什么，拉她到沙发上坐下，试图安慰她，又不知该说些什么——他在医院就不善于安慰病人。伏苓很柔顺地任他握住手，有点不好意思："那次你说我试探你，也是真的啊，你没说错，因为，"她又抿嘴笑笑，"我想找人谈场恋爱，不然的话，她们都以为我走不出来，老担心我。"

"其实我没有走不出来呀，"伏苓很无奈地笑，"好吧，有一丁点儿吧，那我想找个人谈场恋爱，也许能帮我快一点调整心情，你说对吧？"

她略带期盼地望着裴知味，像生怕他否定她似的。

裴知味很配合地点头："嗯。"

好像很对，又好像有哪里不对。

"为什么是我？"

"啊？"伏苓好似不明白他的问题，一脸茫然。

裴知味漫不经心地说："袁锋好像暗恋你很久……唔，他那应该算明恋吧。"

伏苓讪笑两声："他不行，他太认真了。"

"嗯？"

"你表弟么，你还不知道吗？"伏苓为难道，"如果到时候分手，搞不好会让他世界观颠覆，世界上就又少了一个好男人，岂不是我的罪过。"

裴知味没忍住笑出声来，笑两声后又觉出不对："我很不认真吗？"

伏苓没料到他问这问题，想想后笑道："那不一样，你恋爱经验丰富。"

"你怎么知道我恋爱经验丰富？"他慢吞吞地问。

伏苓很自然地答："感觉啊，比如你开车会帮我开车门，出去吃饭会帮我拉椅子，走路会走我左边，逛街会帮我提东西，在厨房会帮我打下手，不抽烟不喝酒，主动洗衣服……好多呢。"

"这些不是优点吗？"

"哼，"伏苓不以为然道，"没有男人生来就这么体贴的，会这么体贴只能说明一件事，就是已经有很多女人在你之前训练过这个男人了。要知道——我们恋爱那么久，他陪我上街都嫌烦呢，如果帮我开车门一定是恰好顺手，臭袜子满地扔，好几次被我在他寝室枕头下翻出臭袜子和内裤来，我训了半年他才改好！"

裴知味没反驳，只在心里默默鄙视，那是你没见过有教养的男人而已。

"袁锋也说你很有女人缘，很多女人就喜欢那种看起来酷酷的医生哦，"她还献宝似的加上一句，"我小时候也挺喜欢的。"

"那以后呢？"裴知味越听越不对劲，"你就不给自己打算一下？"

"那哪儿能想那么远，"伏苓长舒口气，"先好好恋爱一下再说，反正我暂时没有结婚的打算，你也不喜欢被人缠住，那到时候我们应该可以好聚好散，不会有什么纠纷……"

"纠纷？比如？"

"比如你有什么新欢了，彼此知会一下就好，反正你一向很随意，我也能想得开。再说……"伏苓假笑两声，"我好不容易认识一个这么高级的医生，不会舍得跟你翻脸的！"

"你准备独身？"

"没有啊，"伏苓摇摇头，"这种事情也要看缘分的，你别这种表情——不要以为缘分两个字很俗。既然要结婚，多多少少还是要有点感情的好，没有感情过一辈子很痛苦的，我要结婚一定要找一个我喜欢他他也喜欢我的，不过暂时还没找到。"

嗯，要有缘分。

还要有点感情。

要你有点喜欢。

也有点喜欢你。

裴知味怎么听怎么不是味儿，就算以上各条都符合，又有什么用啊，你在别人怀里叫一声猪头，就什么都玩完了。

也许……裴知味小心推测，也许时间长了，等她再到别人怀里，叫的是裴知味呢？

那也不行，即便是叫裴知味也不行，别人怀里，不行，不行……他心里左右盘算，始终得不出一个最佳方案，忽听厨房里传来伏苓一声尖叫："啊——"

裴知味一抬头，正见伏苓握着锅铲，摆出一副步步为营的阵势，退守厨房门口。裴知味三步并作两步赶过来，看着伏苓虎视眈眈的方向，什么也没发现。伏苓左手攥住他，右手锅铲指向封装煤气管道的橱柜："都是你啊——"裴知味胳膊被她掐得生疼，哎的一声："我怎么了？"

"小强！"伏苓一脸不共戴天的仇恨，"我在这里住了几年都没事，你一来，小强就出现了！"

裴知味抚额折服于她这强大的逻辑，懒得跟她辩驳，走上前打开橱柜门，可能因为房子有点老，内壁开始渗水，兼之又到夏天，所以引来这些害虫。他瞅准蟑螂所盘踞的位置，抄起一块抹布快准狠地摁过去，伏苓在身后为他加油助威，等确证他杀死了那只蟑螂后立刻换了一副神态："是你带来的，你负责清理！"裴知味白她一眼，好男不与女斗，做完清理工作后他拎起垃圾袋出门："我顺便买瓶杀蟑灵回来。"

伏苓笑眯眯挥手目送他出去，自己缩回沙发准备开始看电视剧，心想家里有个男人真的方便许多——楼道里的灯坏了很久，她嫌麻烦也就没搭理，是裴知味上个月过来时换的灯泡；上上个月楼下装修，周末清早就开始扰民，她抗议过两回都无济于事，裴知味冷着脸下去，立刻就见了效……她正盘算着家里还有什么体力活可以支使裴知味去干一下，电视柜上裴知味的手机忽嗡嗡地响起来。她想起裴知味可能有医院急诊，跳下沙发过去拿手机来看，上面显示的名字却是"郤明明",伏苓愣了很久,猜想不太可能是公事,她似乎不方便接。

手机响了一阵后静下来,伏苓一时理不清头绪,想起袁锋原来跟她提起这位远房表哥时,感慨他的兴趣都太阳春白雪,又说"难得女朋友也一样的曲高和寡,真是不是一家人不进一家门",说的仿佛就是这位郤医生。

她心里乱糟糟地想着,手机又叮的一声提示有短信,她低头一看,仍是郤明明的:去找你几次你都在上手术,你们谢主任说你最近很忙,但请你务必抽空到我这里来一下。PS,是关于你新欢的。

第七章 如果下一秒世界崩塌

伏苓把手机放回原位,仍提示着有新短信——那辅助软件是昨晚她帮裴知味装上的,可以在锁屏状态下直接读取新短信内容并回复,没想到第一次居然以这种方式派上用场。没一会儿裴知味倒完垃圾回来,她正跟他汇报说"刚才你有电话进来,不知道是不是医院找",手机便又响了。裴知味放下手中的杀蟑灵,伸手捞过手机,居然是谢主任打来的,他眉头不觉皱起来,谢主任口气很凝重:"小裴,有特殊病人,你赶紧回医院。"

裴知味眉头拧得更紧,下意识朝伏苓瞥过一眼,心中头一次对这种医院急召生出些抗拒,问:"很重要吗?"

谢主任沉声道:"不惜一切代价挽救生命,你说重要不重要?我知道你很累,但这没办法,人家是点你的名来的,你无论如何,先来报个到。"

裴知味明白"不惜一切代价挽救生命"的意思,他深叹一口气,边换衣服边向伏苓解释:"有重要病人,我得赶快回医院一趟。"看伏苓愣愣的,像很失望的模样,忍不住低下头来,在她唇上轻啄,歉疚道,"本来说好好陪你玩两天的,你看我这个工作性质就这样,过段时间,我想办法休个假,好不好?"

伏苓低下头，咬咬唇掩饰住心中各种翻腾的情绪，旋即轻快笑道："没关系的，你以为我真敢消极怠工好几天吗？还不是明天乖乖滚回去上班！你赶紧回医院吧，路上小心。"

裴知味不自觉松口气，又在她额上印下一吻，声音中流露出自己也未发觉的恋恋不舍："那早点休息，临睡前把厨房收拾一下，再喷那个灭蟑灵，然后关好门窗，明天早上再开窗透气。"他并未深究伏苓脸上的笑容为何如此勉强，只是想当然地以为伏苓的失望和他的失望都是相同的原因。

患者姓颜，已年过七旬，陪同的家属年纪和裴知味相仿，自我介绍姓颜名宣，言语中很是客气："我大伯这病也有些年头，医生一直建议手术，可是……"他露出很为难的神态，"也一直不敢手术，好几位德高望重的专家都说裴医生是这方面的第一好手……一切就仰仗裴医生了。"

第一好手，裴知味自知之明还是有的，在医生这一行，多好的天赋都要配合丰厚的经验，才能真正训练出一个所向披靡的医生。所谓论资排辈，不是说年纪老一定优秀，而是要优秀必须花时间积攒经验。裴知味很清楚颜宣口中那些专家们都说了他些什么，无非是他胆子第一，如果病人只剩下手术治疗一条路，多高风险的手术他都敢接；再则是他的术前准备苛刻到近乎变态的程度，关于这一点，经由各医学院来实习的学生之口，在新医生中流传得更为广泛。

患者做完一系列检查后，由心内科和胸心外科进行联合会诊。结果毫无意外的是需要手术治疗，采取微创的心脏不停跳换瓣手术方案；主治医师也毫无悬念地是裴知味，数位心身科专家也随时待命，解决患者所可能出现的一切危机感和焦虑等问题。

会诊结束后谢主任私下找他谈话："心情怎么样？"

裴知味微愣后明白过来："还好。"

谢主任略带忧虑地望着他，似是左右为难，半晌后叹道："我觉得这个时候跟你说什么好像都是在增加你的心理负担，但我又怕你真有什么思想负担。这回的病人对我们来说是很重要，"谢主任顿顿后又道，"对你来说也很重要，所以我希望你尽量放宽心，不要有什么压力。"

"我没事，真的，"裴知味微显无奈，"谢叔叔，我真的没事。"

裴知味在医院一向都称呼"谢主任"，很少用幼时称呼，此时叫出口来，谢主任很意味深长地看他一眼，像是确定了什么似的，松下一口气来："那就好，那就好。"

气氛不经意间有点凝重而微妙，谢主任忙又笑道："我对你是有信心的，这些年来我见过的这些医生里，再没有一个比你的心理素质更强硬，这让我更加坚信，当年我们的决定是正确的。"

说到这里谢主任皱皱眉，有点懊恼，觉得自己这是哪壶不开提哪壶，但这话在他心里压抑多年，不说出来他又有些不自在。裴知味看出他这苦恼，淡淡笑道："谢叔叔你放心，我只考虑他的病情轻重、手术的复杂程度，其他的一切，上了手术台，我都能抛到脑后。"

谢主任长舒口气，点点头，裴知味又补充道："不过这半年工作强度确实比较高，我想过段时间休个假，争取……一周您看行不行？"他觉得这要求有点过分，谢主任愣愣后却笑道："没问题没问题，我帮你安排，昨天邰明明来找你，很急的样子。我看要是再不给你放假，下次你妈妈见了我，就真要怨我让你讨不到媳妇了。"

裴知味一听便知道谢主任误会了他的意思，但又不便解释，只好笑笑。谢主任提起他的私事，兴致倒高起来："我说你也该成家了，这男人总要先成家、后立业。这两年我看你越来越稳重，几次跟院长透过这个口风，你恐怕还不知道，外头有些人，挑不出你别的毛病，就说什么嘴上无毛办事不牢——说白了就是嫌你没结婚！

你赶紧跟明明把事情给办了，到时候里外都稳固，让这些人再无话可说！"

看谢主任越扯越远，裴知味连忙止住他话头，说要采购一批新设备，先给谢主任交个底，才把这话题岔开去。

手术进行得很顺利，过程虽有些复杂，但对裴知味来说尚不算最高挑战。裴知味些微松口气，这才想起前些天似乎邰明明又找过他，印象里邰明明之前也找过他，说是有什么患者，后来又没了下文，奇怪得很——以邰明明的个性，没什么要紧事不会找他找得这样急，可真要有什么事，也不至于拖这么久吧？又说关于伏苓……裴知味还真想不出，邰明明会有什么关于伏苓的事要找他。

晃到妇产科，迎头撞见一片兵荒马乱，一问才知今天有患者丈夫听说是给男医生检查的，正在闹事，硬说人家医生占了他老婆便宜。邰明明正在给人解释，说男大夫检查都有女护士在一旁监督，患者丈夫完全听不进去，一边又骂自己老婆不要脸。裴知味在门口看热闹，邰明明费尽口舌把患者丈夫劝出去，按着太阳穴问裴知味："你真是大忙人，总算有空过来。"

"到底什么事？"

邰明明擦擦脸，舒口气，说："跟你道歉。"

裴知味疑惑道："你做什么了？"

"我不应该那么跟你说伏苓，袁锋跟我说她是个好姑娘。"邰明明很艰难地自我检讨，"他说，如果这件事必定有一个人是人渣，那也一定是你，不是伏苓。"

裴知味一点也不在乎袁锋对他的"诋毁"："就为这么点事，你心急火燎地找我个把月？"

邰明明脸孔微微涨红——她做了好久的心理建设，决定表现出足够的风度，来面对前男友的的确确移情别恋的事实，结果在他眼里，只是"这么点事"？

当然，当然了，他连你都不在乎，哪里还在乎你怎么想！

邰明明镇定住心神，抿抿唇后说："不是，确实有些关于伏苓的事，她上次检查结果不太好。"她默默观察裴知味神色，果然此言一出，他整个人就变了似的，不待她请，自己拖过椅子坐到她办公桌前，一脸紧张地问："很严重？"

"我特别好奇，"邰明明倾身笑问，"你对她到底是一种什么样的感情？"

裴知味见她还有心情开玩笑，那应当不是什么大问题，稍稍松口气："邰主任，你的好奇心是不是太重了点？"

"不，这是职业需要，"邰明明答得理直气壮，"我有充足的证据，证明我刚才的问题，和你想要知道的事情，有充分的联系。"

裴知味凝视她片刻："我知道不一定辩得过你，但是，无可奉告。"

"那我也无可奉告！"

"邰明明，"裴知味加重语气，却又一脸无奈，"Please！"

"好吧，"邰明明举手投降，"根据初步检查的结果，我觉得可能是良性肿瘤，不算严重但请及时治疗。"

邰明明从手中牛皮纸袋里掏出几张检查数据，摊到裴知味面前，他仔细看过后不解问："她年纪还小，你们这儿一般要更年期才会有这些病吧。"

"现代人工作压力大，很多听起来很风光的公司，员工年检，结果都吓死人。才二十出头的年纪，胃癌、脂肪肝、高血压……什么都有！还有心理因素，很多人社交圈狭窄，工作压力大，精神压抑，闷出病来，你见过的还少吗？你这个小姑娘，情况还不算严重，好好检查一下，早治早点放心。"

一听"精神压抑"四个字，裴知味整个身板都直起来，定定望着邰明明，目光里像找到希望却又极失望似的，半晌后他终于开口："如果……"他皱着眉，老半天才憋出一句，"如果精神压力太太，我有些什么能做的？"

邰明明嗤笑一声："裴主任，你对人家小姑娘做了什么，搞得这么紧张？"

裴知味本就心情不顺，还被邰明明这么抢白，忍无可忍道："邰明明，够了！"

邰明明见他全副心思都在伏苓身上，心中不免失落，再开玩笑也不过自讨没趣，讪讪道："好啦好啦，不开你玩笑。当务之急是带她来复查，上次逛街碰到你们，我不好当面直说，怕小姑娘误会。而且小姑娘们不懂这个，一听说妇科病三个字，总容易往不好的地方联想，你得好好解释，情况好的话，药物保守治疗就可以了。"

"她不小了，"裴知味没头没脑来一句，"不是你想的什么都不懂的人。"

邰明明自嘲道："真难得，能看到你这么关心挂怀的时候，真想拍下来发给同事们看看，只可惜传出去我好像太没面子了。"裴知味一脸愠怒，又不敢在此当口得罪她，只好任由她过完嘴瘾。邰明明见平素这么刻毒的人这会儿乖乖任她抢白，愈加心酸，再想自己这些天还以为借着伏苓的病况能和他多聊上几句，真是越想越没意思，只说，"也没什么别的，多陪陪她，照顾好情绪。不过你连丈母娘都哄得这么开心，应该没什么问题咯？"

裴知味心想他和伏苓那档子事真解释不清，干脆就不要解释，他干笑两声，门上忽传来几声轻叩，卞医生在外叫道："我们裴主任在这儿吗？"

说曹操曹操到，门一开，便看到挽着一个大帆布袋的文阿姨。邰明明回头冲裴知味挑衅般地使了个眼色，文阿姨很客气地朝邰明明笑笑："快过端午节了，我自己做了点粽子。不是我自夸，外头什么老字号的这斋那村的，都不如我们这种家常的好吃。邰医生，你也尝尝吧？"不等裴知味开口，文阿姨又抢先道，"我知道裴医生你不收谢礼，几个粽子，一点都不值钱，反正我每年都做，多准备点材料，不麻烦。"

"好吃，谢谢，"邰明明拈着文阿姨递过来的小粽子，朝裴知味猛递秋波："我去巡房，你们就在这儿坐坐，没事的。"

裴知味不便久留，带文阿姨回他自己的办公室，文阿姨走出来又回头，看邰明明背影在走廊另一头消失，才转过头来，一脸的惋惜遗憾。她同裴知味讲红线的是红豆沙馅，黄线的是枣泥馅，黑线的是腊肉馅，白线的是纯糯米……卞医生知情识趣地去查房，临走前文阿姨也递给他一袋放到冰箱里。

卞医生前脚刚走，文阿姨脸色便垮下来，唉声叹气地："原来卞医生有女朋友了。"

"阿姨你别担心，伏苓这不也才——"裴知味意识到失言，赶紧剥开一个粽子塞住嘴，"唔，才……"

"也二十六了，"文阿姨忧心忡忡，"你看现在电视上到处都是相亲的节目，那些女孩子，有的才二十出头，都打扮得跟妖精一样，说话嗲声嗲气的。也不知道报名的那些男孩子，都是什么眼光，上赶着挑那些连话都不肯好好说的姑娘，这讨回家怎么过日子？"

文阿姨顿了顿，像是想起什么，默然半晌后才继续道："像裴医生你和邰医生这样的可真好，人才好，工作也好，什么都不需要父母操心。苓苓读书的时候也不错，工作也还可以，就是少根筋，不主动。要说我们苓苓才是好好过日子的女孩，可她老闷在家里，谁能知道你好呀？"

裴知味不好接口，他素来不善安慰人，方才挤出两句话搭腔已属极限，只好任由文阿姨絮叨，说伏苓太孝顺，好吃好穿都没落下长辈，反而是自己什么都没攒下云云。也许是见裴知味太久没吱声，文阿姨也觉得不好意思："让苓苓知道我跟你这么抱怨，又要说我，你就当我老太太平时没什么人能给说说，真……真打搅你了，我听卞医生说你平时也挺忙的，我这真是——"

　　她说着不住地道歉，一脸悔疚，裴知味本欲解释，她却已站起身来，说还要给伏苓送粽子过去，忙不迭地告辞，临走又再三叮咛他帮自己物色老实可靠的未婚青年，以及千万要瞒住伏苓等等。

　　晚上去伏苓那里，果然见冰箱里大大一包粽子，足有文阿姨送他那份的三倍有余。裴知味啧啧两声："你干妈这简直是喂猪啊！"

　　伏苓一拳轻砸在他背上："狗嘴里吐不出象牙。"

　　裴知味反身捏住她腮帮子，扬扬眉道："来，你会吐象牙，吐一个给我看看？"

　　伏苓脸一转："懒得理你。"

　　裴知味笑笑，右手往下一捞，正好将她腰揽到怀里，她手肘轻轻挡他一下，马上便缴了械，任他左手也欺上来。他稍稍弓下腰，闭着眼，在她颊边轻嗅："这几天想我没？"

　　"没有。"

　　"真没有？"

　　"真没有。"

　　他手上使上劲，却又一副小孩子讨不到糖吃的腔调："嗯？"

　　"裴知味你好无聊。"

　　裴知味僵着脸，伏苓又加上一句："还肉麻，都快赶上偶像剧了。"裴知味松开手，冷哼两声缩回沙发里坐下，斜睨她道："不要对你好一点就开始拿乔。"

　　伏苓白他一眼，自顾自收拾碗筷，裴知味四下打量，心道自己在医院待了十来天，她似乎也一点没放在心上，好像他来她是这样，他不来她也是这样——就连那瓶灭蟑灵也还放在他上次放的位置，怎么想怎么不是滋味。

　　冷着脸看伏苓刷碗、扫地，所有东西都收拾停当，垃圾袋拎到门外，洗手换下围裙回来，裴知味还摆着一张死债主脸。他盯着那条Hello Kitty的围裙，想起那是老早前逛超市时一起买的，足见伏苓原来是不常下厨的，心情又稍稍好转。

伏苓走过来摸摸他的头笑道："乖，还在生气？"她蹲下身来，歪头看他神色，冷不防在他唇上蜻蜓点水一下，"每天都有想你——倒垃圾的时候，好不好？"

她贴过身来哄他，裴知味脸色稍霁。他分辨不出，唇舌间那一点甜，是晚餐最后两人拿来当点心吃的枣泥粽的余味，还是他思念已久无法遗忘的，她的味道。

裴知味呼吸急促起来，伏苓也一样，他猛然想起白天在邰明明那里看到的检查结果——这几天还是节制些好。他撑起身，又生怕她胡乱猜疑，只好歉疚道："昨天开了一晚上会，差点散架。"

伏苓笑笑，体贴地轻抚他脖颈："裴医生，你好可怜！"

裴知味坐起身，思虑良久——邰明明说精神压力大也可能是原因之一，照他来看，这简直是根本原因。伏苓的生活从外看还挺似模似样，走近一接触才知道全不是那么回事，除开工作她几乎从不出门，只窝在这方寸之地，不是叫外卖就是煮方便面，一点也不顾惜身体，简直可说是糟透了！他心头莫名一股火气，想到伏苓说想谈一场恋爱尽快排遣的话，不自觉又软下来，好一会才开口："端午节有什么安排？"

"家里蹲。"

"不出去玩？"

"到处都是人。"

裴知味犹豫片刻，说："我记得你有次说申请了港澳通行证，结果一直没用上？"

"去年去深圳出差，以为可以趁周末过去逛逛，结果周六被客户拽着开会，周日就睡了一天。"

"要不，多请两天假，我陪你去香港玩玩？"

伏苓本赖在他肩上，听他这么说，坐直身子和他拉开距离，诧异问:"你居然能请到假?"

"伏小姐,我当医生而已,不是卖身给医院。"

"你不是连周末都二十四小时开机吗?"

裴知味摸摸下巴:"看在我七年只请过一次假的分上,休几天年假不算过分吧?"

"那次为什么请假?"

"嗯……我爸爸过世。"

"对不起,"伏苓轻打两下嘴巴以示惩罚,"那你以前的女朋友都受得了你?"

"有受不了的,但人不会因为周末或者节假日就不生病,"裴知味道,"行业普遍问题,我也不可能例外,受不了只能分手。"

伏苓愣愣望着他,眼珠子转了转,想问他既然以前都不肯休假陪女朋友,那这次肯请假是为什么——话到嘴边她又咽下去,才没这么笨呢,他这么爱面子的人,问出口肯定翻脸,嘿嘿。

"那我来做攻略吧!你以前去过没?"

"去过几次,不过要么是学术交流,要么是应一些医院的要求过去做手术,你照你自己想玩的地方安排吧,我都无所谓。"

伏苓点点头,很欢快地去搬笔记本电脑过来查资料,裴知味见她并未起疑,这才装作漫不经心道:"对了,还有件事,我们医院有项福利,给职工家属的医疗保险和一年一次的全身检查。"

"嗯?"伏苓一时没明白,裴知味又重复一次,她才疑惑道,"我不能算家属吧?"

"那也不能白便宜了他们!"裴知味理直气壮道,"反正每个人至少有一个名额,我报你的名字就完了呗。"

"是吗?你报袁锋也可以呀!"

裴知味脸色一僵,半晌后正色道:"他不是家属。"

伏苓大笑起来,毫末起疑去找出病历本交给他,又打电话给裘安,说下次可以陪她去产检。

因为自以为是非正式家属，伏苓很乖地跟着裴知味交代好的小护士去做全身检查。项目细致得恨不得连每一个毛孔都拿放大镜来看个究竟，连她极低度数的近视都在眼科耗了半小时，相比之下公司每年的体检完全就是走过场。所有项目做下来花了一整天，结果还没出来，谢主任已给裴知味一次性批了五天假。

旅程安排是直飞香港，在香港机场一落地，裴知味打开手机便接到邰明明的短信：结果出来了。

裴知味险些没被这句废话噎死，回复道：重点。

邰明明的回复依旧让他无语：一个好消息，一个坏消息。

好在马上邰明明又发来补充信息：详细结果已经发到你邮箱，友情建议，既然已经出门了，就好好玩几天再回来。PS，切忌剧烈运动。

裴知味眉头紧紧锁住，伏苓刚去取了机场提供的免费地图，见他握着手机脸色沉重，忙问："不会是医院有事吧？"

"没，"裴知味挤出笑容，"刚落地我还有点晕，去取行李吧。"

住宿订在湾仔的酒店，因为裴知味这次的时间宽裕，伏苓便没有安排第一天的行程，到了酒店便钻进浴室洗澡。几小时的飞机下来，伏苓亦有些困顿，洗完澡收拾停当出来，见裴知味面色沉重地靠在床头，诧问："你今天很累？不是一直都吹嘘自己体力很好吗？"

原来她只要提到体力二字，裴知味一定会好好地收拾她，今天却难得的安静："我还没看你做的攻略，都想玩些什么地方？"

伏苓从行李箱翻出几十页打印好的极详尽的攻略递给他，自己走到窗边看楼下的夜景。香港出名的地少人多，最耀眼的莫过于夜景——她不记得是什么书上说过的，但凡别处放一盏灯的空间，香港都要放两盏，拼了命一样地绽放光芒，将整个城市照耀得璀璨一片。

裴知味不知何时走到身后，双臂从她腋下穿过，紧紧拥住她，将她整个人都置于他双臂保护之下。

这个城市的许多地方伏苓都曾在电视里见过，却是第一次真真切切落到这地界上，熟悉而又陌生；裴知味的怀抱亦如此，熟悉的气息，陌生的情绪，密密匝匝，交织在一起。

伏苓觉得这是一件很奇妙的事，她和裴知味这样的两个人，原本可以永不相识，现在却在这样一个遥远又狭小的空间里分享彼此。

如果下一秒世界崩塌，谁也不能证明，他们曾相互拥有。

第八章 泰美斯女神

　　第二天她带裴知味去《月满轩尼诗》里张学友和汤唯常去的檀岛茶餐厅，学电影里的人点咖啡蛋挞和奶茶，再来一份牛油菠萝包，点完单她便抢先道："不许说奶茶有害健康！"

　　裴知味好笑，摇摇头道："这几天都随你，"见伏苓眉开眼笑他又问，"这里又拍过什么电视？"

　　来的路上伏苓一直都对照地图，比比画画告诉他说这里大概拍过什么电视剧，那里又是什么经典荧幕情侣在什么戏里的表白或分手场景。现在又是这样，小小一块咖啡蛋挞，她就吃得无比享受，还闭着眼睛，陶醉得跟什么似的。裴知味忍不住讽刺道："在明星拍过戏的店来吃蛋挞，会多长二两肉吗？"

　　伏苓猛地睁开眼，恶狠狠道："你这种人，就不应该吃饭，每天打两瓶葡萄糖维持生命就可以了！"

　　她一直处于很兴奋的状态，拿着她做的极详尽的攻略，跟他说"哎呀你看这个红灯笼，加连威老道在××电视剧里出现过"、"很多抢劫的案子都是在这条地道里拍的！"、"陈小生在这个天桥柱子旁唱过生日歌"、"你看庙街这些唱戏算命的摊位还都在！"或是"×××就在这家警署工作！"

裴知味很疑惑："没听说你这么喜欢看港剧呀，你最近不每天都在家看《豪斯医生》？"

伏苓愣了愣，笑笑道："都是大学时候无聊看的。"

说完这句话后她就沉默了，沿着路走了很久都没再说话，倒是裴知味先问出来："跟他一起看的？"

伏苓点点头，深呼吸一口气，耸耸肩笑："那时候就想，毕业后要攒钱来香港玩，然后逼他学电视剧里那些男主角在每个地方都表白一遍。"

那是她以为未来生命里最重要的人，当时他们却不以为有什么特别。上苍并没有给她突然袭击，恰恰相反还给了她足够的缓冲时间。然而，那一天真正来临时，她依旧没有做好心理准备。太阳东升西落，城市照常堵车，整个世界似乎没有任何变化，只是她失去了他。

仿佛全世界在一瞬间变得荒芜。

仿佛她的时间将永远停留在他离开的那一天，往后的浮世变迁沧海桑田都再与她无关。

在那些一起设想过的未来里，香港是一个遥远的城市。现在，当她置身于这座城市时，才发现任何空间都是可以跨越的。

无法跨越的是时间。

裴知味也忍不住笑，笑过后却又讪讪的，他很有些好奇伏苓原来的男朋友是怎样的人，又在心里忍不住说服自己——回忆美好，也不过是因为，已经是回忆了。

就不信他们当初不吵架！

他努力调节气氛，便问："那我们现在走的地方，拍过什么戏？"

伏苓先辨认了一下所在位置，往前几步找到一座效仿古罗马和希腊设计的圆顶建筑，指着楼顶的雕像道："最高法院，不过1997后叫立法会大楼，很多律政片都会拍这里的，《壹号皇庭》里插曲部分总会拍这个雕像，"她又皱皱眉道，"我不记得这个雕像叫什么名字了，好像是正义女神。"

裴知味抬头仰视片刻后说："Themis，正义女神泰美斯。"

伏苓讶道："你不看电视剧怎么会知道？"

裴知味摊摊手："我看书，我有文化。"

伏苓嗤的一声——袁锋讲过裴知味如何自恋的笑话，据说裴知味夏天时去买西瓜，从来不让摊主挑，一定要自己掂起西瓜，像在医院诊断病人一样装模作样地敲敲，声称"不会挑西瓜的医生都不是好大夫"，奇就奇在，他还真就没买过一个不熟的。

"好，有文化的裴医生，正义女神为什么要蒙着眼睛，她既然立在这里，如果闭上眼睛，不就看不见事情的真相吗？那还怎么做裁决？"

"泰美斯女神右手握利剑，左手提天平；天平象征正义、公正和平衡；利剑表示铲除罪恶。蒙着眼睛，表示在裁决的时候不考虑种族、阶级、性别，一视同仁，公平对待。法庭上的裁决，只能根据所有合法的证据来判定，而不是由正义女神，亲临人间窥视每一件事的发生过程。"

伏苓恨得牙根痒痒，她看港剧也很有些年，只知道这是一个正义女神，一直都不明白为什么是蒙着眼的，没想到裴知味居然说得头头是道。她撇撇嘴不服气地问："你怎么会知道这个？"

"看书的时候偶尔看到的，因为觉得……法庭和医院有一点类似，所以就记住了。"

"有吗？"

"法庭只能根据证据和法律条款来裁决，要完善法规，而不是寄希望于正义女神时时刻刻双眼圆睁洞察一切；医生也是一样，不能对病人做道德判断，不能根据他的品行、贫富、阶层等等来判断他是否值得救治。"裴知味双手插在口袋里，见伏苓一脸崇敬。

裴知味摸摸伏苓的脑袋，一脸惋惜地说："少看电视多看书。"

眼看伏苓就要变脸，裴知味忙错开话题问："有什么电视剧的主角们在这里表白过吗？"说完他又自问自答道，"不过在这种地方表白也太奇怪了吧。"

"呃……"伏苓一时也想不出来，翻开攻略核对后讪讪笑道，"你还真说对了，你看这里的圆柱，这可是经典的拍擦肩而过的地方！《壹号皇庭》里陶大宇和他的极品前女友就是在这里分手的，还有《天涯侠医》里梁咏琪客串了一个角色，在那边马路上出车祸。唔，好像真不是什么好地方。"

念完后伏苓自己都满面黑线了，裴知味亦颇汗颜，只好拽伏苓到中环去逛街，热闹一点的地方，至少不会把气氛搞得这么诡异。裴知味原以为按伏苓做得如此细致的攻略，怎么也得囊括几家有名的餐厅，没想到伏苓记下地址的全是各式茶餐厅，外面的吃完了，就回湾仔再吃。

湾仔的吃食极多，遍地茶楼茶餐厅，价钱便宜，味道又正。裴知味心里其实也觉得好，却忍不住要笑伏苓不会享受："你真容易满足，又好养。"

"我本来就很好养，你听说过经济适用男吧，我绝对可以算经济适用女了，"伏苓和裴知味认识的时间长了，最初那种特别文雅特别乖巧的伪装便早撕了下来，学得裴知味一点皮毛的自恋功夫，"养我吧养我吧，你看有几个人吃叉烧包能吃得我这么开心。"

还真是……裴知味忍不住笑，她吃得欢快，一侧头，耳边几缕头发落下来，他连忙伸手帮她撩起来。她愣了愣抬起头，看着他落在耳畔的手，一边咀嚼一边抿着唇朝着他笑，唇边两个小小的酒窝又若隐若现地漾开来——像一颗石子投入水中，然后一层一层的涟漪，随风飘荡开来。

老式的餐厅，放着许多年前的粤语老歌。

"梨涡浅笑，可知否奥妙，寂寞深锁暗动摇，魂消魄荡身飘渺，被困扰，怎得共渡蓝桥。梨涡轻照，映出花月调……"

裴知味对这种老式的粤语歌毫无了解，唯独这一首，他几乎能跟着唱出来。曾来香港做手术，一位罗姓商人儿子早逝，留下一个孙子，却是重度肺动脉心瓣膜狭窄。他过来做手术，罗先生亲自来接，恰恰听到这首歌，听得人心旌动摇。问是什么歌，罗先生也愣了一下："几十年前的老歌了，还是我和太太恋爱时流行的。"

罗先生家住太平山上，千金一掷只求幼孙平安，事后百般酬谢，裴知味只按正常外出手术计费。等裴知味回到医院，没几天就收到罗先生寄来的唱片，已经绝版。

那张唱片听到烂熟，往往在医院碰到各种令他气愤难平的事，晚间无法安睡，便拿那张唱片来催眠。

现在回想起来，难道就因为这个，让他在第一次见到伏苓时，生出那种魂销骨蚀的感觉？

裴知味知道伏苓开玩笑，于是也笑着说："好，每天给你烫两棵白菜吃就够了。"

口里这么说着，裴知味心里却想起谢主任劝他早点结婚定下来的事，他忽然觉得——结婚似乎也不是很糟糕的一件事。

邵明明也说过要尽量照顾伏苓的情绪，尤其近期感情方面不要有什么波动。

只可惜，结婚定下来这种事，对眼前这个女人来说，似乎不能算安抚，而应该算惊吓吧？

伏苓微嘟着嘴，讨价还价，要求在两棵烫白菜外，多加一块豆腐。

"明天去什么地方？"

伏苓微皱起眉："想去太平山顶俯瞰维多利亚港，可是听说人很多，还要坐缆车上去，我有点恐高，在想是不是好好休息然后晚点过去。"

"太平山？"

伏苓点点头。

裴知味脑子一转，立刻有了主意。晚上伏苓洗完澡，趴在床上等头发自然风干——裴知味不知道伏苓为什么有这习惯，只好拿毛巾帮她裹头，她还哼着不知哪里的小曲，扬扬得意地享受裴知味的服务。

"明天我们去太平山上人少的地方。"裴知味一副漫不经心的态度，"我有朋友住那边，刚才我给他打了个电话，他请我们过去做客。"

"哇——"伏苓猛翻过身来，以比任何时候的体力都要好的姿态，完成一个仰卧起坐，在裴知味颊上猛亲一口，"裴知味我爱你！"

她两眼拼命冒星星眼："我今天终于发现原来你也有优点！"

裴知味脸上笑容顿时僵住："什么叫终于发现我也有优点——你今天才发现我有优点吗？"

伏苓拼命点头。

裴知味沉下脸："不去了。"

伏苓很狗腿地攀上来："不要啦，这可是我这辈子唯一一次有机会参观传说中的山顶豪宅！"

裴知味哼哼两声，享受着伏苓前所未有的甜言蜜语。

罗先生夫妇俩都不在香港，听说裴知味过来，还是带着女朋友，盛情约他到家中小住，让管家详细安排好裴知味这几日的食宿。

翌日下午罗先生派的人来接他们，上山未多久便杳无人声，绿荫葱茏，忽然前几日的都市喧嚣一瞬间消失掉，代之以山林间清新空气。

罗先生住施勋道上，简练的欧式洋房，环境极是宜人。伏苓头一天口上叫嚣得厉害，等真到别人家里，发现裴知味的朋友原来不在家，更不敢轻易挪动脚步，生怕损坏什么让裴知味难做。好在管家办事周到，帮他们安顿好房间，又领他们出外散步，四处讲解太平山上各处景致的渊源来历。

晚间上观景台，伏苓这才明白这洋房贵在什么地方。在地势高处俯瞰维多利亚港，与坐天星小轮游维多利亚港时完全是不同的感觉——等晚间华灯初上时，好似整个维多利亚港，整座不夜城，灯火璀璨，却全在自己脚下。

伏苓半倚着栏杆，痴痴望着脚下点点灯火，裴知味坐在她对面，两人中间隔着一方石桌，桌上小小花瓶里一束鲜花，恰好掩住伏苓的神色。

裴知味不自觉问："在想什么？"

伏苓老半天才回过神来，想想又笑："想到一些……有点对不起你的事情。"

"你有什么对不起我的？"

"你这几天表现太好了，让我觉得有点愧疚。"

"为什么？"

"不知道，就是，这么觉着。"

裴知味笑笑，偏头瞥一眼脚下万家灯火，又听伏苓笑说："再说了，你对我太好的话，以后，以后那什么，我会不习惯的。"

"不是你说，想好好谈场恋爱？"裴知味抿抿唇，又笑，"谈恋爱的时候，女孩子……应该充分享受这种，有人宠的感觉。"

伏苓噗的一声笑出来："我看夜景酝酿出来的所有小浪漫情调都被你这句话破坏光了——你说得好像那种小说或电视剧里的情场老手，哈哈哈哈哈。"

丧心病狂，这词是这么用的么？裴知味僵着脸——可见小说和电视剧都是骗人的。

这女人一点都不感动！

不过是想宠宠她让她高兴，她居然笑场，真是岂有此理。裴知味不解问："你以前谈恋爱，不是这样吗？"

"他一点品位都没有，T恤都是在路边店随便买的，够穿就行从来不管搭配，一点都不会有你说的有人宠的感觉，哈哈哈哈……"

那句话大概戳中伏苓的笑点，她从头到尾都在笑，笑得连声音都变了，最后伏在石桌上喘气，半天没有一点动静。

裴知味覆住她的手，微笑着说："没关系，你想起什么都可以说出来，我不会介意的。"

伏苓缓缓仰起头，她眼睛睁得大大的，不敢相信，又有些感动："我不是故意要想起他的。"

裴知味接的却是："不如，我们结婚吧。"

伏苓愣愣瞪住他，吓得一句话说不出来。

"你干妈不也老担心你吗？"裴知味漫不经心道，"还有你两个同学，你又怕他们担心，什么都闷在心里不敢说。其实你说出来，我也无所谓，反正我们早就把话说明白了，讲什么都没关系。"

"那，那……"伏苓仍呆呆的，"这和结婚有什么关系？"

"你这个状态，一时半刻的，找得到合适的结婚人选吗？就算勉强找到，要么你不情愿，要么别人不甘心，要么你们两个人都心不甘情不愿，凑合着过，迟早也要出问题，何必给社会制造麻烦？你家里父母，还有你干妈，到时候会更担心，还会愧疚是他们逼你去跳火坑的。"

"这跟你有什么关系？"

裴知味耸耸肩："谢主任劝我早点结婚，他准备明年退下来。你知道我们这种单位，没成家的，领导总觉得你没定下来，不放心。"

伏苓又愣了一愣，不敢相信似的，将疑惑问出口："你就因为……这种原因，所以，结婚？"

"对我们都好，不是吗？"

裴知味这朋友房子的室内装修实在豪得太厉害，伏苓本就不大适应，再被裴知味这么一吓，失眠到两三点，翻来覆去地打滚。

裴知味很努力要入睡，到后来也实在吃不消，只好把她捆在怀里："不就结个婚，你至于么？"

伏苓心想怎么不至于，结婚可是一辈子的大事！虽然她觉得自己能找到理想对象的可能性也很渺茫，裴知味的条件也确实不错，但这不代表她就该这么……关键是这裴知味的态度也太漫不经心了吧！

她不敢相信，裴知味对婚姻的态度，就这么草率吗？

伏苓忽然有点怏怏的，连叹了好几声自己都没发觉，裴知味忍不住问："你到底在叹什么？"

"想不明白。"

"想不明白什么？"

"你为什么不找那个妇科医生结婚？"

"我跟她已经分手了。"

"那——那你们主任催你结婚应该也不是一回两回吧，我记得你之前不怎么把结婚当一回事的，还生怕我想绑住你，怎么现在突然转向了？"

裴知味实在不喜欢跟女人玩这种问答游戏，无奈叹道："你何不把这当作你个人魅力的体现呢？"

个人魅力？伏苓实在想不出自己有什么是能胜过邰明明的——个子比自己高，长得也不比自己差，一定要挑点什么，难道是看起来太强势？

这情形实在不怎么能让人高兴，但伏苓也没十分难过，临睡前他补充说他绝不会和完全没兴趣的女人结婚，后来还欲言又止的，好像这时候说喜欢什么的有点不好意思似的。

和裴知味结婚，似乎也没什么不好，伏苓觉得自己应该也是有些喜欢裴知味的，否则怎会一直都没有拒绝他？第一回尚可以说醉酒，往后便找不出什么理由了。况且那次谈明白后，两人相处也融洽许多，再说……再说裴知味是医生，又那么注意锻炼，应该不会像叶扬那么短命才是。

叶扬,伏苓小心翼翼地默念着这个名字,不知不觉中,他走了也有三年半了。她缩缩身子,下意识地搂紧裴知味,想从他身上汲取一点温暖、一点力量,来面对触及这名字时的感伤。

她闭上眼,脑海中再度描画出叶扬的模样——很多夜晚她都要靠对他的思念来抵抗孤单,假想在梦里他们俩还在逛学校的超市,争执是买老坛酸菜口味还是买韩国辣白菜口味的泡面;他们在寒冬腊月里穿街走巷,寻找学校BBS上指点的那家炖牛骨汤店;挤公交车时若没有位子,他会用长长双臂笼出一个封闭空间,让她免受拥挤惊扰……

然而这一夜她的梦里没有出现叶扬,醒来的时候她发现自己翻了个身,一条腿还挂在裴知味腰上,她吓得猛一抬头,又见裴知味紧皱着眉,很阴沉的表情瞪着她。

"我,"她摸摸嘴后松口气,"我没流口水。"裴知味笑出声来,低头再欣赏她夜里扒住他的高难度动作。伏苓连忙把那条腿也放下来,仰天望天花板道:"是你趁我睡着了摆上来的,跟我没关系。"

裴知味不紧不慢地穿衣服,问:"那你想好没有,结还是不结,我可过时不候。"

伏苓见他这漫不经心的样子,心中顿时燃起熊熊斗志:结!为什么不结?反正跟着他不愁没饭吃不愁没衣穿生病住院没准还能打八折!再说结婚容易离婚难,等他落到她手心,以后水电煤气马桶全部都让他修!

对,就这么办!

最后一天的行程还是购物,裴知味听人说香港的首饰便宜,便说干脆在这边买婚戒。在轩尼诗道上逛了几家金店,没挑到合适的,又转去Tiffany,试了几款钻戒,伏苓都面有难色。裴知味知道伏苓怕花钱，笑说："婚戒我总还是买得起的。"

伏苓望望店员欲言又止，裴知味只好让店员拿相对便宜的一款出来，伏苓仍是摇头，裴知味问："你到底喜欢什么款式？"

"我们可不可以不买钻戒？"

裴知味蹙起眉："早上不是说好来买戒指的，你不会——"

"不是，"伏苓忙解释道，"我们挑别的，不带钻的。"

"一枚钻戒花不了多少，你在同事面前也有面子不是，还可以去气气你们那更年期主管。"

"不，我就是不想买带钻的。"

"为什么？"

"我前几天刚刚看了莱昂纳多的《血钻》，里面讲得好惨，没有消费就没有开采，我少买一小颗，也许就少死一个人。"

裴知味愣了愣，店员神色微显尴尬，连忙解释道："本店出售的钻石饰品，都附有金伯利进程证书，是正规渠道开采所得，请两位放心。"

伏苓埋下头低声向裴知味道："电影里最后字幕说还是有15%来源于非法开采，买了又不能吃，不买也不会掉肉。"

店员神色极是无奈，裴知味虽感抱歉，但心里却忍不住好笑，笑过后又有点感慨——去年听说一个大学同学开始收红包，因为原来交情不错，他还专门去问过，同学抱怨说"你出来就有老爸罩你那医院待遇好福利高，自然饱汉不知饿汉饥，难道我辛苦读书八年就是为了收红包吗，做点什么生意不比这个挣得多还轻松"。裴知味后来从别处听说，这同学刚结婚没两年，太太很爱同人攀比，每年要到香港血拼两次，钻戒首饰名牌包，靠同学的工资，养败家太太自然困难，就开始打那些主意了。

裴知味一脸自豪地摸摸伏苓脑袋，觉得自己的眼光到底比那同学好多了。最后伏苓挑中一对颇朴素的铂金婚戒，又在店员和裴知味的"盛情"下选了一只造型很可爱的镶绿松石戒指。

出店后走出半里地，伏芩忽问道："我刚才在别人店里说什么血钻，那店员会不会很想揍我？"

"不会，"裴知味一本正经道，"她觉得你没钱买故意找理由的可能性更大一点。"

伏芩撇撇嘴道："你没看那电影，回去你给我再看一遍！电影里很惨的，最后莱昂纳多死了，那个黑人带着一颗100克拉的钻石到伦敦，想靠那颗钻石救出他的家人，交易之前他在街上首饰店的橱窗里看到很多钻石首饰——你想想，那么多人为抢这些钻石死于非命，但是最先开采的这群人，他们一辈子都不会有机会戴上这些首饰！"

"啧啧，"裴知味严肃道，"我内心受到了深刻的洗涤和净化——可我们先前逛了三家也没见你说？"

伏芩讪笑道："那钻戒又确实很漂亮我想多看看嘛！"

第九章 三年之期

从香港回来，裴知味先把伏苓送回家，然后直奔医院，这已成多年来养成的习惯。好在这些天并无重大事件，只两名女医生一个申请要结婚另一个申请要怀孕——科室人员本就紧张，婚假或怀孕之类都得提前三个月甚至半年开始申请，外科的女医生更是珍稀动物，如今凑到一起，让裴知味为难不已。

毛医生先进来申请要怀孕，裴知味很痛快地批了；结果马上接到李医生的申请要结婚，便有些为难——毕竟是喜事，又不好意思拦着不许人结婚。裴知味面有难色，李医生只好降低要求："能不能我今年先休两天，至少，我得有两天时间摆一场酒席，婚假我们可以晚一点再休。"

裴知味自己一口气休了五天年假，这会儿要驳别人的婚假，总有些不好意思，听李医生说只要两天摆酒席，连忙给批了。他一边签着名，一边瞅着休假理由里"准备婚礼"几个字发呆，签好字，又把那张申请单翻来覆去地看，圆珠笔头撑着下巴，老半天后才踟蹰问道："这个，婚礼，嗯，"他清清嗓子，"具体的这个，嗯，细节流程，是什么样子？"

李医生神色诧异，因为裴知味平素为人严厉得过分，性情又很冷淡的样子，东家长西家短的八卦她们不仅不会和他说，连当他的面讨论都不太敢。见她眼神呆愣，裴知味又解释一遍："我是说，有没有像做手术那样的，清单？"李医生回过神来，连忙把大体流程，两家家长见面、怎么提亲，挑日子订酒席照婚纱照等等说给他听。

她尽量长话短说，其实裴知味也不是不食人间烟火，大致过程当然知道，他只是心里感觉很奇妙——不晓得为什么，跟伏苓在一起的时光，和他从前现在未来所过的生活，好像是两个完全不同的世界。

和伏苓在一起的那一半里，只有舒心顺遂安定的感觉，时光像轻轻划过水面的羽毛，留下那么浅浅的几道波纹，忽而之间，便轻飘飘地过去了。剩下的这一半，却充满了前狼后虎的急促紧迫，分分秒秒里都听见自己心脏的跳动声，一声，又一声，不能快一点，也不能慢一点。

他像从云端回到人间，情不自禁地想找个人分享一下那欢欣中藏着点点甜蜜的感觉，却又耻于宣之于口，不愿任何人窥见他这小小的喜悦。

听他严肃而又前言不搭后语地询问现在婚纱照流行什么风格，几个蜜月胜地各有什么特色，李医生恍然醒悟，试探问道："裴主任……也打算要办喜事了？"

裴知味双手交握，轮流掐着手背，良久才不情不愿地嗯一声，笑容也极不自然。看李医生似有所悟的模样，忙又补充道："不是邰医生，我和她分手很久了。"

李医生"哦"了一声，一时不知如何接话，因为她也是头一次见到裴知味这样魂不守舍又喜形于色的样子，只好挑些很通用又标准的话来说："日子定了没有？"

"没有。"

"哦，哪里人？如果是本地的，不用像我们跑这么远去摆酒……"

"不是本地的。"裴知味顿了顿，不知如何说下去，因为他突然发现，跟伏苓在一起断断续续这么久，他竟从来没问过她老家在哪里。

"家长都见过了么？"

裴知味皱着眉，觉得这些问题都有点棘手，科室里的医生都认识邰明明，将来又免不了要和伏苓见面——他一时不知如何介绍伏苓，说刚刚认识吧显得不太好，说认识很久似乎也不好。他正在心里无限纠结着，忽然李医生笑起来："难怪，裴主任从来都不休假，这几天……是求婚去了吧？"

"嗯，"裴知味神色微赧，片刻后又轻声道，"其实我也没想到会这么快。"

"这种事情计划不来的，"李医生年纪比他小一截，却一副过来人的模样。平时同事们对他的感觉是敬畏多过其他一切，如今李医生才发觉原来他也是有一点人味的，忍不住露出笑容，"就得靠冲动，我跟男朋友也谈了好多年，原来总计划要先准备好这个要先准备好那个，照那些计划我们三十岁都结不了婚！前几天还不就是……感觉来了，结婚就得靠冲动！"

这一席话说得裴知味稍稍安定下来——他没有预料到会这么快就和伏苓谈起结婚的事，或者说，他原来的人生计划里，根本就没有走到结婚这一项来。李医生的话让他觉得安慰，虽然他仍然不明白，为什么在太平山上的那个夜晚，俯瞰维港一地流金碎玉的灯光，会突然冒出那样的念头。

一切都发生得如此自然，仿佛天经地义，理所当然。

等李医生告辞出去，裴知味不自觉站起身，盯着窗外的一丛绿叶发愣，良久后手机的振动声惊醒了他，掏出来一看，正是伏苓发来的短信。他笑容还不及浮起，已被短信的内容彻底冻住：

"对不起,我后悔了,不想结婚了。"

裴知味紧拧着眉毛,攥着手机许久,直到屏幕边缘出现汗渍,他才稍稍松开来,猛地深呼吸几口气,调整好气息,然后拨回去:"你怎么了?"

四个字,他自觉说得四平八稳,毫无任何情绪泄露,电话那头沉默了很久,他努力辨认,也不知道是否真听到伏苓的气息。

他们沉默着僵持了一会儿后,传来伏苓低落的声音:"我以为我可以的,我真的很努力地想要走出来,可没想到还是不行……在香港的时候我没想那么多,一回来我就发现我真的做不到。对不起,裴知味,我想你如果要结婚的话,多的是女孩想嫁给你,可是……我真的不行。你的东西我会收拾一下,过几天你再来拿。"

她话没说全,可裴知味明白了——她还忘不了那个"他",即便是一段不谈感情的婚姻,她也无法接受。

裴知味甚至没法责怪她,因为她也说,她真的努力过了。

一直到有人敲门进来探讨患者的病情,裴知味才定定神放下手机。有一瞬间他甚至想拨回去问问伏苓到底发生了什么事,明明从香港回来的路上他们还好好的,为什么刚刚分开不到半天……看看已递到面前的X光片,他默默叹了一声,又颓然坐下。

做完最后一台手术已近十点,取车出来后,竟不知要往哪边开——开出医院门口的林荫道再转大路,回家和伏苓住处的方向就岔开了。他车停在十字路口,侧头正好看见路边的便利店,他并没在这里买过东西,唯一一次,是前些日伏苓来体检,开到这里闹着要吃冰淇淋。他下车去买,她又叫回他,说要八喜的;再走出两步又被她叫回来,说要八喜的香草口味;再走两步,又说要咖啡口味……

夏夜的燥热似乎也传染到他身上来,他清晰地记得伏苓那时候的一颦一笑,记得她撒娇耍赖的各种神态,记得他们初识时她的沉默和顽强,记得她低着头微笑的模样,不吭声也不肯向人埋怨。还有些时候，她自己大概也没有发觉，她那么喜欢发呆，常流露出怔忪茫然的神态……现在回想起来，裴知味想，那些时候，她大概是想起了原来的那个"他"吧。

裴知味手伸进口袋里，那枚买来准备结婚的戒指，孤零零地落在那里，又像是烫手似的，烫得他突然缩起手来——他不知道事情怎么突然变成这样子的。他从没具体想过结婚的问题，却在那天晚上突然向伏苓求了婚，如果那能算求婚的话；只两三天的工夫，他已经完全进入备婚状态，没想到伏苓又突然反口。

如果三个月前伏苓说这种话，说她忘不了那个男人，裴知味想他一定会用更狠毒更刻薄的话反击，然而现在他一句伤害她的话都说不出，甚至连挥慧剑斩情丝的念头也没有，他只是，有一点想念她。

又有一点担心她。

可即便想念和担心，也只能到此为止了——男女朋友发展到这个地步，如果再去追问缘由，就显得死缠烂打，又太放不下了。

一低头，发觉自己竟不知什么时候已掏出手机，照他一贯找伏苓的方式——先进袁锋的微博，再找"花雕茯苓猪"，伏苓的最后一条微博还是他们在香港时发的，她拍的维多利亚港的夜景，他还记得那天晚上她缩在他怀里咕哝说"维多利亚很会生的，一口气生了九个，你看过《年轻的维多利亚》没，衣服很漂亮"。她纠结了一晚上要不要结婚，可是一说到电影里的服饰又很兴奋，还说要拍婚纱照时要找有英国宫廷装的影楼……

裴知味猛地踩下油门，回到他最近几个月很少光顾的，自己的家。

袁锋照旧房门紧闭，也不知是在干什么。裴知味睡前很习惯性地按下CD机的播放键，好像知道今天又是一个需要音乐来安眠的夜晚。

CD机顺着上次停止的位置继续播放，温和的男声轻轻唱：

这一种感觉，问我怎么去形容，竟不知不觉被它深深操纵；这一种感觉，令人心急速地跳动，欢欣满面如沐春风……这一种感觉像旋涡把我转动，不可理喻，难料得中……

裴知味像被什么击中般从床上跳起来，猛地拍下停止键，不料用力过猛，CD机猝然下坠，因音频线连着音箱，又在桌脚撞了几撞。唱片被摔出来，盘面上划出一道长痕，CD机内的一小处支脚也断了。他心觉不妙，把唱片放好再播，果然呲呲几声后便没了声响，也不知道是机器坏了还是唱片坏了——都是有些历史的东西了。

他抚着CD机惋惜不已，那是大哥淘汰给他的，用过许多年，马兰士的经典款。无论古典乐还是流行曲目都表现极好，用电影里说的通透纯净、平滑圆润一类的词来形容，都不算过分。

坐在床上想来想去，不知怎么又想到伏苓迟早要去医院拿体检报告，裴知味心情这才安定下来，翻了几个身后睡着。翌日精神自然不济，谢主任倒是满面春风："小裴，听说你这趟休假，婚事定下来啦？"

裴知味不知是如何表情，皮笑肉不笑地嘿嘿两声，看在谢主任眼里却以为他是尴尬——医院里的八卦也是传得很快的，邰明明和他都是医院这几年的重点培养对象，什么青年骨干之类的评选，总少不了他们两个。邰明明也是医生世家，最有名的事迹是高考后就给一个胎位不正脚先出来的产妇接生。

这事迹裴知味在还未认识邰明明时便已耳闻，他们开始约会时，同行们见了，不管心里是否情愿，总要夸一句"金童玉女"。

昨天他和李医生说得也含糊，今天全医院就知道他要结婚而新娘不是邰明明的消息了，不过裴知味倒是一点不担心——邰明明从小就是在众人喝彩声中长大的，处理背后鸡零狗碎小道消息的能力比他强多了。

谢主任觑得四下无人，悄声问："明明那边，没闹翻吧？"裴知味答说"还好"，谢主任这才放心，又催问他是哪里的姑娘，日子定了没有云云，裴知味无心敷衍，随意答了两句后忽问："谢叔叔，你原来是不是做过一例心脏自体移植左心房减容的手术？"

"你记得没错，前年有一起，原位自体移植手术对左心房减容的效果十分显著，但是这手术风险太大，要在心脏离体同期完成瓣膜手术，同时还要保护好心脏——前年那个患者有二十年病史，左心房严重增大，对周边的支气管、肺、左心室压迫巨大，病人十分痛苦。怎么，你最近有碰到这样的病人？我好像没看到……"

"病人还未就诊，"裴知味斟酌字眼道，"她刚刚查出来，年纪也很轻，好像……也没听说以前有查出什么问题，所以我猜测病情还不是很严重。"

谢主任的注意力迅速被吸引过来，神情也转为严肃："这得尽快确定病情，及早手术，越到后期，风险越大。你找一下前年手术的临床报告，好好研究一下，那次本来你该做第一助手的，结果你人在香港错过了。如果病人确定要在我们这里手术，这次你来给我做助手。"

裴知味欲言又止，话到嘴边又咽了回去。

做完最后一台手术又近凌晨，裴知味打开手机，本想刷一下伏苓的微博看看有无动静，先进来的却是邰明明的短信：我听说伏苓昨天就把体检报告领回去了，你那边现在什么情况？

裴知味蹙起眉，隐约觉得哪里不对劲，还没想明白，电话已拨出去，邰明明哈欠连天："裴主任，都几点了，你以为人人都跟你一样能连续工作36小时？"

"我刚下手术，"裴知味歉然道，"你说伏苓的报告已经领回去了，到底怎么回事？"

"这事你应该比我清楚才对，你不都要结婚了，难道这么快就同床异梦啦？"

裴知味气得直翻白眼："说正题。你刚刚不是还嫌我扰你清梦？现在又这么精神。"

"没关系，理论上我对我的前男友的现女友的动向的关注程度应该可以战胜我的睡意！"

裴知味不得不低下声气道："邰主任，请。"

"哦，我也不知道具体怎么回事，今天早上我听小郑说伏苓昨天下午来取走了体检报告，所以问问你们什么打算，毕竟她这个情况还挺麻烦的。我就随便这么一听说，哪能知道到底怎么回事，你应该去关心一下伏苓的情绪才对，跑来问我做什么？"

裴知味寻思邰明明这话应该不假，给伏苓发了条短信问她睡了没，好久也没见回应，裴知味仍不放心，还是驱车到伏苓住处，果然见到她那一居室的灯还亮着。

门铃按了也没反应，裴知味略一犹豫，还是拿钥匙开了门。一进门裴知味便吓了一大跳，门口结结实实地堵着一个大编织袋，裴知味踮着脚绕过去，眼前景象越发触目惊心——伏苓身着一件半长睡衣，趴伏在沙发上，长发凌乱披下来覆住她面庞，一只胳膊吊在一旁……沙发前的茶几也满目凌乱，茶杯碗筷药瓶花露水铁盒子电源接线板等各式东西都乱七八糟地堆在上面……

裴知味一颗心猛地吊起来，再想到伏苓已拿到体检报告，吓得三步并作两步冲过去，还得避开地上的行李箱、拖鞋、水桶、鞋架……伏苓平时是连网购的塑料袋都要折整齐放在一处以备日后他用的人，何曾见她把房间搞得这么乱过？

他二话不说掰起伏苓的脸，还好，是热的；再去探她鼻息，呼吸亦是均匀。裴知味长舒一口气，拿起桌上的药瓶，才发现只是钙片和维生素。她腰间空出一小截来，裴知味便挑那里坐下，将她往里稍稍挪了一挪，她也没有发觉，只是身子扭了一扭，又把头埋起来继续睡了。

茶几往里靠窗的地方，放着另一个大大的纸箱，很结实的那种。伏苓整理东西很有一手，什么盒子放什么东西，轻重粗细都有分类。那纸箱极厚实，原来还用胶带封着，桌上一把剪刀，显然是今天刚拆开过。

裴知味拨开半闭的口子，纸箱容积颇大，最上面几件衣服揉做一团，像是今天才被人弄乱的。衣服也很陈旧了，男式的衬衫，男式的裤子，边角处还塞着一根皮带，袜子毛巾也都塞在角落里。裴知味的心不受控制地抽搐起来，他努力再三，控制住自己的呼吸，放轻动作，把那几件衣服继续拨到旁边，下面覆着一层薄膜，隔开衣服和下面储存的物件——又果然是伏苓的作风。

一摞书占据底部一角，最上那一本是《自动化控制》，下面的书也都已泛黄，像是专业类书籍。居中是一个做工精致的盒子，边角的花纹也已磨损多处，显然是有一定的历史，揭开来看，里面密密实实的是各种小礼物：漂亮的香水瓶子，各式各样的手机链，大多是成双成对的，还有接吻猪，两支做工不差的钢笔，一个ZIPPO打火机，一叠小卡片，一把用旧的桃木梳……精致盒子的右边是另一个大纸盒，看起来是一般包装用的，里面有游戏手柄、鼠标、充电器，一双手链是一大一小的……

裴知味闭上眼，几乎不敢再翻下去，像是轮急诊的那几个月，接到送过来就已毫无救治可能的伤者，用尽一切方法抢救，最终仍要宣告死亡时的感觉。

那是他第一次对自己的职业感到有心无力，而现在，却是对自己这个人，有心无力。

他知道纸箱里这些零零碎碎的东西都是什么，他知道那些密密匝匝把他扼制到近乎窒息的感觉是什么。他知道手边这张泛黄的照片上还有点婴儿肥的伏苓是在对谁甜蜜微笑，他知道这段温馨时光里只容得下两个人。

一个是伏苓，而另一个，并不是他裴知味。

然而他还是继续往下翻，这些动作仿佛都是机械的，像是许多种他年复一年日复一日做的常规手术，几乎闭着眼都知道下一步怎么走。再翻开的是一摞老照片，他几乎是无意识地计算着这将近十公分厚的照片约有多少张，又要多长时间才能拍出这么多照片来。

照片上的日期很久，许多都有四五个年头，长远的甚至有七八年，有的因为是光面洗印已黏在一起，磨砂面的则保存甚好，相同的是伏苓的笑脸。

有背景在家里的，她歪扎着马尾；有的是在球场边，一个高高大大的男生，腋下夹一个篮球，另一只手搭在伏苓的肩上，笑容明亮，眼睛里透出柔和的光。

纸箱最底还有一个小铁盒，里面是一本厚厚的笔记本，每一页内容都很少，多则百来字，少则三两句：

5月7日

真不如当时被捅死就好了，搞得现在上不上下不下，我要是个男人就该把伏苓赶走，问题是赶不走！

6月28日

毕业了，同学们今天来医院跟我告别，如果我还在学校，今天也该毕业了。

8月14日

妈跟老爸说：准备给你儿子结婚的钱现在都花在治病上啦！

郁闷。

……

大部分都是诸如此类的琐记，日记本的主人从患病后初期的烦躁、绝望到一年后接受现实，在父母和女友的殷切希望下艰难维持生命。裴知味细细读来，日记的主人一看便知是个从来不懂伤春悲秋为何物的大男生，然而这大大咧咧的口吻在一年多后也变得消沉。

日记本里有记载病因，肝衰。裴知味了解这病的临床表现——病人会出现明显的厌食、恶心、呕吐等症状；然后是出血、瘀斑……裴知味只觉喘不过气来，他后悔打开这日记本，如果不翻开，他不会知道曾经有一个男人，为伏苓付出过怎样的深情。他从这欲言又止的日记里读出对生命的渴望、对爱情的眷恋，还有许多明明没有付诸笔端，裴知味却能感同身受的，深深的压抑。

那个男孩子也许知道这日记本迟早会落到伏苓的手里，所以连一丝一毫的感情都不敢泄露，常常乱涂两句，又戛然而止。

裴知味却觉得自己能明了一切那男孩想说的话。

最后一篇日记是1月7日，距离前一篇的日期足有两个多月，那天写的是：

真想再去打场球。

最近老想死后的问题，死亡对我来说已经不可避免了。

我总在想等我死了伏苓会想我多久的问题，时间太长了不好，我要是希望她一辈子忘不了我，那我不成王八蛋了吗？

太短了我也很没面子。

三年吧，伏苓，我们打个商量，最多只准想我三年，多一天也不行，别妨碍我找好人家投胎，哈哈哈。

那一页还夹着一张照片，照旧是两个人的合照，那男孩脸上泛着奇异的光彩——那是人们俗称的回光返照。伏苓的脸则较之原来又瘦削许多，背后签着日期和两人的名字：

一月七日，叶扬、伏苓。

左上角又歪歪扭扭写着一行小字：

最幸运的事是找了一个比我好一千倍的女朋友，不嫌弃我这也不嫌弃我那，希望她比我还幸运，找一个比她还好一万倍的老公。

裴知味一不留神从沙发上滑下来，半跪在地上，他眼直直地望着照片上的日期和名字。

一月七日，叶扬、伏苓。

裴知味记得他和伏苓相识的日期，南方电讯去年的年会，也是一月七日。

那是叶扬和伏苓的三年之期。

裴知味想起那一晚,伏苓在他怀里,那样婉转妩媚的神态,口中低喃的却是"猪头,别闹了"。

手指摩挲着相片背面的签名,裴知味只觉胸口像有什么东西,一霎间绽裂破碎。

第十章 梦中未比丹青见

裴知味转过身来，伏苓仍软绵绵地埋在沙发里，咫尺之遥，却好像他们在不同的时空里，他遥遥地望向那头，终于门开了，她从门缝里瞥了他一眼。

然后，就是现在，他不知道那扇命运之门，究竟为谁而开。

睡梦里的伏苓甩了甩胳膊，又蹬蹬腿，轻声咕哝一句什么，身子翻转过来，将醒未醒地侧躺着。她发丝缭乱，脸也是红通通的，多年前的婴儿肥早消失不见，身上一件吊带的睡衣，若隐若现地贴出玲珑曲线，胳臂闲闲地搭着，一副她自己并未发觉的撩人姿态。

裴知味屏住呼吸，半跪在沙发旁，默默凝视着伏苓的睡颜，他心中有种澎湃的恐惧，铺天盖地汹涌而来，然而屋子里除了挂钟的滴滴答答，再无其他声响。伏苓又翻转身，右肩不经意间裸露出来，她伸出手像要抓住什么，摸索半天，却只抓到裴知味的胳膊——她脸上瘪了一瘪，好像不满意，又往怀里揽了一揽，像抱抱枕一般把裴知味半搂住。裴知味不留神往前一跌，只觉浑身的血液都奔涌上头，着魔一般吻下去。

他想即便最后伏苓选择让他承受覆顶之灾，这一刻，在这潮水将他淹没前的最后一刻,他仍希望她在他怀里。

伏苓迷迷蒙蒙地叹了一声,天气燥热,她的唇却仍有些凉。他的胳膊也环上来,搂住她的腰身。她仍是将醒未醒,迷迷蒙蒙地睁开眼,眼神全无防备,懵懵懂懂地叫了一声"裴知味",声音软软糯糯的。

恍然间她意识到什么,猛地睁大眼,伸手去推他,裴知味收住手,他知道这时机并不好,却仍拥着她。伏苓整个人全清醒过来,拼尽全力从他怀里挣开,光着脚丫跳到地上,惊慌失措地指着他:"裴知味你干什么!"

她整个人像进入战备状态的刺猬,浑身尖刺根根直竖,警戒而惊恐地瞪着裴知味。不等他回答,她已冲到门边:"你的东西我都给你收好了!"

伏苓又急促回走两步,拉开电视柜的玻璃橱,把放在里面的首饰盒往茶几上最后一块空地一扔,像多拿一刻便会烫手似的:"你买的戒指,也还给你。"

她神经质一般在屋子里绕来绕去,前言不搭后语,一会儿说"你滚",一会儿又平静下来,说"你还是回家吧",再两步又暴躁起来,歇斯底里地呵斥他。

裴知味一言不发,只静静看着她,像看一个胡闹的孩子,看得她愈加愠怒:"你这个人怎么这样——你,你也太死缠烂打了,我都说要跟你分手了,你还想干吗?你想结婚,找你的那个什么妇科医生去呀,还是别人不要你,你以为我很好哄,买几件衣服首饰就骗到手了是不是?我告诉你我不吃这一套!"

他们隔着茶几对峙,裴知味仍是一句话也不说,良久后低下身来开始收拾茶几。伏苓惊恼交加,一把抢过他刚拾起来的维生素和钙片,尖声叫道:"我说你这个人到底怎么回事!"

地上一堆杂物,两人这么一拉扯,险些绊倒伏苓。伏苓见他不走,气急败坏:"我都要你滚了你还不走?"

裴知味把茶几上的物件稍事收拾，抄起那份体检报告："你要我滚我就滚，凭什么呀？"

"你——裴知味你什么意思！"

伏苓声音尖利，和平时判若两人，见他拿着体检报告，蹿过来要抢，裴知味不过稍稍侧身，她却已摔在自己扔在沙发旁的行李箱上。

她摔在行李箱上一时竟爬不起来，裴知味见状不妙，蹲下身去扶她，看她脸色不对，忙问："你吃过没有？"

伏苓愣愣望他一眼，又茫然地转头看窗外，窗外漆黑一片，她一时竟无法分辨时间，又冲裴知味叫道："关你什么事！你乱翻我东西干吗？你别以为能来乱做我的主！我吃没吃关你什么事！"

裴知味看看时间："快两点了，你什么时候开始睡的？我看你厨房的粥煮好有七八个小时了，你一下午都没吃东西？"

伏苓眉心紧拧地盯住他，老半天后她忽然笑起来："你看到我的体检报告，怕我想不开所以什么都让着我？"

"我是医生，你的病怎么样，我比你清楚。"

伏苓头微微仰起，连同身板都挺得笔直，眯眼睒向他脸孔，说话也反常地拿起腔调来："裴知味，你今天怎么突然这么好？"

不等他回答她又笑眯眯说："我赶你你也不走，知道我有病也不走，莫非……"她头微微前倾，凑到他脸孔前："莫非我昨天跟你提分手，你突然发现原来真的爱上我了，真的没有我一天都过不下去？"

她口吻十分挑衅，裴知味脸色微变，很快又恢复一贯恬淡神色："别的事都可以放一放，你目前最要紧的是确定病情，及早治疗。"

伏苓见他油盐不进，干脆不再和他废话，抓起他胳膊往外推，就差直接上脚开踹，她把裴知味拖到门边，又把收拾好的东西往他怀里摁。裴知味也不接，两人在楼梯口推搡老半天，伏苓一个没留心自己磕到门上，人便直直地摔下去。

裴知味蹲下身来拉她，一时也没拉起来，裴知味这才发觉不妙，伏苓扶着头，恍恍惚惚的，裴知味皱眉问："你到底多久没吃饭？"

"不要你管。"

"不要我管，不要我管你倒是照顾好自己呀！"裴知味火气也上来，把她安顿到沙发上，烧水泡了杯热可可。伏苓捧着杯子灌了几口下去，气色才稍稍恢复，她垂着头，老半天后冒出一句："裴知味，你回去吧，我会照顾好自己的，今天我心情不好，到明天我就恢复了。"

"恢复？"裴知味冷冷扫视一圈，家里箱箱柜柜的东西都被她翻出来，鸡飞狗跳一般，"明天你就原地满血复活了？"

这是袁锋的口头禅，伏苓没忍住哧的一声笑出来，热可可浮上来的气韵缭缭绕绕，熏得人直想流泪，熏得她声音也软下来："你刚才看过我的体检报告了？我知道你不好意思现在丢下我，可是——可是我经历过那种滋味，我不想耽误你，更不想以后你忍不下去再离开我的时候，我会更难过。算我求你了，你别管我。"

裴知味冷哼一声："你又知道我不好意思丢下你？"

伏苓仰起头，不解地望着他。

"你是我什么人，我凭什么不好意思丢下你？"裴知味皱着眉，顺手帮她收拾茶几上的杂物，"你很了解我？"

"我，"伏苓被他一句话堵住，良久后低声道，"我也不知道。我只是不想再经历一次——你知不知道那个过程很难受？两年零八个月，他做完手术后延长了两年八个月的生命。有时候他心情不好，发脾气，说宁愿当时没做手术，直接死了倒好。

"他一直都是很乐观的人，可是再乐观的人，都没有办法面对这种痛苦。知道自己活不长，可是不知道到底什么时候会死，只能一天一天地枯萎。不能再打球，不能剧烈运动，整个人都……不成人形，吃什么吐什么，这种事情——根本劝不来，你怎么劝一个除了等死没有第二条路的人积极面对生活？

"哦，我忘了，你是医生，你比我见过多得多等死的病人，可是你对他们没有感情啊！如果是你最亲近的人……其实我也想过放弃的，他经常找机会跟我吵架，觉得可以把我气走，可是吵完了大家都后悔，我真的想过放弃的。

"有一次我炖汤给他送过去，被他都摔了，泼得我一身油兮兮的，还骂我说明知道他容易吐还给他弄油腻的东西。我从医院往公交车站走，一边走一边哭，心里想我再也不要去看他了。可是我沿着马路走过三站路，都忘了要上车，我一路老想到他原来对我好的时候，于是我又跑回医院，结果看到他蹲在地上，一边擦地板一边哭。

"他跟我说他一点都不想再治疗，反正也没有希望，他爸爸妈妈希望他过得好一点，让他住很贵的病房，打很贵的针，他说再住下去爸爸妈妈连养老钱都没有了。

"我们学校附近有个影楼，拍婚纱照的，还拍很多艺术照，我以前从那里过，总跟他说要拍很多艺术照，要拍民国装、汉服的，后来他气色一天比一天差，脸上都……他想跟我去拍，可是又怕以后他不在了，我看到那些照片会伤心。

"他还让赵启明帮我介绍男朋友呢，真的，我还去见过几次面，他妈妈，就是文阿姨，也给我介绍过好多次。他还没走的时候大家就开始了，他们都怕耽误我。我见过几个，我不想他愧疚，觉得是他耽误了我——可是我也不知道为什么，就是没有办法接受别人。他也不是什么特别温柔体贴的人，可我就觉得谁也比不上他。

"我不是故意要记住他的，我也想忘记啊，可是忘不掉，那种感觉太难受了，每天看着他离死近一步……他临死前，人已经瘦得变形，我现在要拿着他的照片，才能想起来他没病时是什么样子。可是那种失去的感觉，那种痛苦，我忘不掉，也不想再经历一次。

"为什么倒霉的事都让我遇到了呢？我到底做错什么了？

"他爸爸这两年身体也不好，很少出门，都是文阿姨照顾他。我爸爸妈妈刚退休，四个老人，只有我一个，我也很怕的。

"我怕我死了没有人照顾他们，可是我又怕我也变成他那样，到时候四个老人还是——"

她眼泪啪嗒啪嗒地掉下来，落到热可可里，倏地便消失无踪。

裴知味坐在一旁，静静地听她喃喃细语，裴知味忽然站起来走开，回来时拿着块热毛巾，一言不发地帮她擦脸。夏夜的风渗进凉意，一冷一热地交替过来，她微微瑟缩，他只托住她下巴，很耐心地帮她擦干净脸，他又把她双手都掰开，用自己掌心的温度，用杯壁的热度，一点一点将她煨热。许久后她气息终于平静下来，灌下一整杯热可可稍稍补充热量，只是头怎么也不肯抬起来，恨不得要埋进地底下去。

"你把东西都打包，准备上哪儿？"

伏苓呆呆望着地板，又摇摇头："我也不知道。"

洗衣机里的衣服还没有晾，厨房里的粥煮好又凉了，裴知味无可奈何叹口气，摸摸她的头问："你不吃不喝的，这叫好好照顾自己？"

"我不知道，"伏苓不敢看他，"我一点都不知道要怎么办，我想回家看我爸妈，可是我又不想告诉他们我这样了……我打电话请过假，不记得请了多久，反正我哪儿也不想去，不想出门，不想看到人，不想——我也不知道到底想怎么样……"

裴知味从她手里接过杯子，轻轻揽过她，把她从沙发里拉出来埋进自己怀里，他轻轻抚着她的脊背，像安慰又像承诺："没事的，会好的。"

伏苓身子跪在沙发上，头埋在他胸口，老半天后抬起头，像刚刚回过味来，讶异到不敢置信，结巴着问："你，裴知味，你还肯要我吗？"

"看你自己怎么想了。"

"我,"她忽然紧张起来,连呼吸都急促不匀,"我不知道。"

她狠狠抽了几口气,又重重叹了一声:"我脑子里乱糟糟的。"

过半晌她又补充道:"我怕可能……好像会生不了。检查结果里好像还说什么子宫什么癌变的——是不是要切除啊?我,我会不会跟那太监似的,就不像女人了?"

"瘤变!你文盲不识字吧?"裴知味被她这理解搞得好气又好笑,"还太监呢,你初中生物课都学到驴子身上去了?你别看这名字好像很吓人,但瘤变和癌变的区别很大,不要一看到子宫两个字就吓晕了,你的这种程度,药物治疗就可以了。"

"真的吗?还有心脏,那个是什么?我以前体检也没查出有什么大问题,就一会儿说我心动过缓,一会儿又说我什么静脉什么——每次体检建议结果里都跟别人一样,什么注意营养加强锻炼,我从来没当一回事。怎么这回一查,这么严重?"

"注意营养,加强锻炼,你什么时候锻炼过?"

伏苓心虚地低下头去。

"你注意过营养?"裴知味没好气道,"我原来是怎么被你给骗了,以为你是个特别贤惠会过日子的女人!看看你抽屉里多少外卖单!每次逮到一个好看的电视剧就恨不得熬夜通宵看完!我都——传出去我都不好意思说我认识你!"

其实裴知味现在完全了解伏苓把自己的身体搞得一团糟的原因。努力工作那是为了生存,可是回到自己的小屋子里,即便她细心收藏起叶扬所有遗物,努力让自己开心开心更开心,可那种一室空虚满身孤寂的感觉,裴知味想,再坚强的人,大概也没有办法抵御。

"二尖瓣狭窄左心房增大,不算什么不治之症,你还年轻,尽早手术,没什么问题的。"

伏苓抬起头来，如膜拜神祇一般望着他："真的，你没骗我？"

裴知味轻抚她面颊，他一贯主张对病人病情要如实禀报，并不支持家属对病人做所谓善意的隐瞒，造成病人的大意最后延误治疗。然而这一次，他不知为什么，竟毫不犹豫地隐去连谢主任对此手术也无太大把握的事实，很轻描淡写地说："看你从什么角度来说了，对任何一个人来说，心脏类的病都不算小事；对我来说，"他耸耸肩，努力表现出一种平淡的态度，"一年几百台手术，大部分都算常规。"

"手术费……会不会很贵？"伏苓仍有些为难，"我怕我一个人生场病，结果让我爸妈都过不下去。"

"嗯，然后你不治疗，拼死拼活地挣钱，等你翘辫子了，你爸妈能高高兴兴地拿着你的血汗钱养老？"

这些道理伏苓不是不懂，只是骤然受到打击，一时就蒙了。现下缓过神来，只觉极对不住裴知味，扭捏良久才鼓起勇气道："我是不是太麻烦你了？"

"你才知道？"

"那你不要管我好了，"伏苓撇嘴道，"反正我现在什么也干不了，我什么都帮不了你，就算有得治，三五年里恐怕也不能生，我听说心脏不好的人最好别生孩子……"

裴知味转过头来，似笑非笑地望着她，老半天才慢吞吞问："怎么，难道你原来是准备——三五年里，要给我生孩子？"

伏苓的脸刷的一下就红了，张口结舌道："我，我也不是那个意思，但是，那现在，总是，我——"

"我是想要结婚没错，"裴知味好笑道，"可我没说那么快就要孩子。"

"我现在不行了。"

裴知味一脸古怪："结个婚而已，我又不是心理变态，需要你为我干什么？哪怕只是你公司随便一个同事，也要讲个互助互爱吧，怎么我对你稍微好一点，你就一副好像我要把你卖了的表情？再说了，"他顿顿后眼角往下一撇，"我就算把你哄去卖了，又能卖几个钱？"

伏苓心道你现在对我可不是"稍微好一点"，那简直是太好了，就是嘴巴毒了点。虽然这么想着，还是被裴知味逗笑："那你为什么要结婚？"

"你拿了份体检报告就失忆了？"裴知味皱眉问，"我挣钱不多但是还够用；孩子你想生我也没时间养；我只需要一个稳固的婚姻——我累了，没心情谈恋爱没精神应付长辈没时间追女孩，你能照顾好自己就可以了。"

"咦，就这么简单？"伏苓扒住他肩膀问，"那应该有很多女人想嫁给你才对呀！"

裴知味神神秘秘地道："你以为我完全不挑吗？"

伏苓拍手喜滋滋道："你的需求和我很吻合嘛，我们真是天生一对！"

她全部担心都被他化解开来，裴知味的确如他自己所说不是擅长安慰的人，他不过陪在她身边，除了一五一十地分析病情，列举几种可行的疗法，再无其他。她像扯线木偶一样任他摆布，最后他商量着问："我看这样吧，心脏方面迟早都得手术，早治早断根；那个瘤变要吃一段时间的药，关键要心情好，不能老乱想。现在都流行Gap Year，你不如干脆辞职，好好休息一下，健康饮食，加强锻炼。"他有点不耐烦地叹口气，"不是我说你，你的检查结果还真是，平时生活习惯不好，很多指标没大问题，真凑到一起碰上什么事也能要命，具体的我会和其他医生研究，怎么样？"

他口里问着"怎么样"，却全然一副不容置疑的口吻，伏苓惊道："怎么能辞职？"他摸摸她脑袋笑道："一年半载的，你还吃不穷我，每天两棵烫白菜，加一块豆腐。"

"申请再加一块午餐肉好不好？"

裴知味没忍住又笑出声来："你现在当务之急是配合治疗，到时候真要三天两头跑医院，你那个变态主管脸上恐怕也没好颜色，说不定还要找你茬给你穿小鞋。与其这样还不如先好好治病，等身体养好，你再另外找工作也不迟。"

伏苓张张嘴，老半天才说："你用不着——"她想说"你用不着对我这样好"，她想他们两个毕竟不是正经谈恋爱有感情基础的情侣，怎么好意思让裴知味为她付出这么多？可话到嘴边她又停住，觉得这时候再说这些话，也太生分了。

哪怕是自欺欺人也好，让她觉得裴知味心里也有那么一两分真心对她，这一点温暖，总足以支撑她坚持下去。

伏苓一向自认为是很有主见的人，尤其有裘安这样任赵启明捏扁搓圆的包子做对比，她更觉得自己简直称得上独立自强的新女性代言人。现在她突然不敢如此自夸了——拿到检查结果时她整个人都蒙了，跟裴知味说分手，把他的东西打包扔在门口，把他彻底清理出自己的生活……这一切与其说是决断，倒不如说是逃避。她已经失去过一次，所以不想再面对任何可能的打击，索性主动放弃一切，到头来还能自以为骄傲地说一句"是我不要的"。

然而她终究舍不得。

她毫无招架之力地看着裴知味收拾厨房和客厅——不晓得是不是做医生的多多少少都有点洁癖，他到她这里来，总容不得半点糟乱。他帮她重新熬上白粥，把打包的衣物再整理进衣柜，连叶扬的那箱东西都重新封好……他整理好洗完手坐到她身边，看她情绪好转，忽笑得有两分荡漾："改天我调半天班，陪你去收拾，想好怎么气气你那个变态主管——暗爽吗？"

伏苓没忍住笑出声来，再看看时间更觉愧疚："你昨天是不是也做手术到很晚？"

"是啊，"裴知味终于打了个哈欠，"明天看来又要休半天了，我今年一年休的假比过去七年都多。"

"呃，其实你也不用……"

"好了，不要得了便宜还卖乖。"

这样任裴知味安排一切，感觉竟然也有那么一点安慰。夜里他双手整个覆住她的手，他手掌宽阔，十指修长，薄茧的指腹轻轻揉捏在她掌心里，那种既温且凉的感觉，混合着肌肤的温度，缓慢而又不可抗拒地，流向她的心上。

翌日伏苓又陪裘安去做产检，被裘安看到无名指上的戒指——她睡得迷迷糊糊，醒来时那戒指已套在无名指上，隐约记得临上班前他吻过她的手，还警告她不许再取下来。她抗议说"那也没见你戴"，他冷哼说"我要上手术不方便"。裘安像发现什么天大秘密似的惊叫道："是裴医生？他跟你求婚了？你们去香港的时候对不对？哇……他速度好快，你们什么时候进展这么迅速，你都没有告诉过我！"

裘安一边逼问她经过，一边早已在脑子里把全部过程编排了一遍，她才说一句"年会的时候认识的，他表弟是我同事，看他无聊就带过来吃饭"，裘安立刻自接自话："然后他就对你一见钟情吗？他追了你多久！你们什么时候开始交往的？年会……算起来也就半年，现在都说闪婚闪婚的，你还真潮啊！"

伏苓原本还为难怎么把过程编排得自然一点，顺畅一点，总不能坦白从宽吧？她只大概说几个时间点，裘安已自行脑补完裴知味一见钟情热烈追求趁热打铁到最后求婚的大结局，这样也好，她没说谎，只不过——她也没否认就是了。

没想到八卦的传播速度那么快，下午就接到大学时几位关系极好的女生的电话，她们大概是先自行研讨了一番，所以挨到下午才打电话恭喜她。尤其对床的柴火妞，激动得不得了，开口不到三句居然哭起来："猪头妹，我就知道你一定会幸福的。这个世界上一定会有第二个人爱你珍惜你……你知不知道我们担心你多久,我们都不敢在你面前提起叶扬,怕提起他你伤心。可是你从来都不跟我们说起他,我们多怕你……我今天真的好开心,比我去年自己被求婚的时候还要开心——猪头妹,裘安说那个医生对你很好,是不是真的?我们一直都好怕你撑不下去,最后自暴自弃,或者被家里逼得扛不住,像裘安那样找个贱人就结婚生孩子……"

说到后来伏苓这边也忍不住哭起来,还要反过来安慰柴火妞,两人又哭又笑地讲了三个小时,把最近没联系的这段时间里所有同学都拎出来八卦了一番。一直到晚上裴知味回来,打开门就看到伏苓把沙发垫放在地上盘腿而坐,一手纸巾一手电话,整张脸都哭得红肿了。裴知味心里一惊,以为伏苓又情绪不好,听了两句聊天内容才稍稍放下心来。

有时候能哭能发泄也不是一件坏事,至少伏苓现在觉得心情宽松许多,叶扬过世后的那三年里发生的许多事,现在回想起来,竟有一种前尘往事再生为人的感觉,她甚至可以坦然地和柴火妞说起自己这种心境上的改变。她不记得自己究竟说了些什么,只记得柴火妞最后说:"我相信那个医生一定很爱你,不然你今天一定不会和我说这么多……伏苓,你会幸福的。"

叶扬从手术到离世约莫有三年,他过世到现在,也已有三年半。看着至爱之人一天一天走向死亡的伤痛,是无法言述的。那不是一刀毙命的剧痛,不是雷霆暴雨的猛击,那更像是一种深入骨髓的慢性毒药,你看着它蚀心腐骨,肌肤溃烂,血肉成脓——却毫无挽救之力。

那是一年三百六十五天,三年一千多个日夜,一日一刀的凌迟。

她终于可以坦然面对这些年积压的所有痛苦,却独独不敢让人知道,她和裴知味的婚姻,并不如她们所猜测的那样,一见钟情再见倾心直至生世相许。

第十一章 原来你什么都不想要

裘安望着她的眼神越来越羡慕——她本就常陪裘安去产检，所以自己身体出现问题的事便没有瞒裘安，两人一同去医院也方便照应。裘安看裴知味忙成那样还见缝插针地抽时间陪她挂号问诊取药，言语间的羡慕溢于言表，甚至进一步顾影自怜伤心自己大着肚子也没见赵启明收敛多少。

几乎每次去医院裘安都要叨叨一遍，裴知味如何百里挑一千里挑一万里挑一，这样不离不弃的男人多么难得……夸完裴知味她还要赞伏苓，感慨前些年她过得那样苦，如今也算守得云开见月明。

伏苓被裘安夸得简直要抬不起头来，她一贯认为裘安的生活像在完成任务：因为大家迟早都要结婚，所以她也就找一个人结婚；因为男女结婚总为生殖繁衍，所以她也顺理成章结婚生子……她记得裘安说要辞职做全职主妇的时候，她险些当场和裘安翻脸，现在她又比裘安骄傲多少呢？

赵启明需要一个妻子，裴知味也需要一个妻子。裘安辞职的理由是养胎，她辞职的理由是养病——这样说起来，裘安的生存状态甚至比她更站得住脚，因为裘安至少还怀着赵启明的孩子，她对那段婚姻是有付出的。而伏苓绞尽脑汁，也想不出自己能为这段婚姻关系做些什么，因为，裴知味说他什么都不需要。

裴知味不需要她挣钱；照这半年的情形来看，他能在家的时间不多，甚至也不需要她怎样花心思照顾他；很多人是为结婚生子完成任务，他似乎也有一半并不在乎……反而裴知味为她做的，已让她无法承受。

伏苓打辞职信那天裴知味就把工资卡扔给她，说是在这里吃吃喝喝半年也没交过搭伙费不如以后让她管账，她以为裴知味是看她要失业几个月所以稍稍照顾一下她的生活，结果去银行提自己的存款时顺手一查账，很是吓了一跳。原来裴知味吃住开销低，第一不花钱第二不理财，工资卡里几年的工资几乎没动过，累积下来的数额，对伏苓来说，真可算一笔巨款了。

现在她最想知道的就是裴知味对她有什么要求，这问题思来想去，裴知味的要求就是没要求，可是没要求似乎就是最大的要求。

晚间无事可做，把地拖过一次又一次，家具擦过一次又一次，连热水器里的水都烧过一遍又一遍。伏苓恍然发觉，她唯一能为裴知味做的事，大概也只有在这样的夜晚，帮他烧好洗澡水，准备好饭菜，然后等他回家——真像传统家庭妇女。

裴知味到家时她恰好把给他准备的晚餐又重新热过一遍，口蘑菜心、滑藕片、红烧鲫鱼，都是家常菜，外加饭后的冰镇绿豆汤。裴知味吃饭，她就坐在沙发上跟他讲今天一天发生过的事——交接工作做到什么程度，主管有没有刁难她，她尽挑些有趣好玩的讲，她一边形容他一边笑。

气氛好得像老夫老妻一样。

伏苓被这突如其来的念头吓了一跳，一时住了口，裴知味见她老半天没吭声，抬头问："怎么不说话了？"

"没什么，好像都是我在说。"

裴知味笑笑，半晌后又说："以后太晚就别做了，我在医院也能吃。"

"反正我也没事做，"伏苓突然想到什么，"是不是……不好吃？"

"不是，"裴知味望望她，欲言又止，脸绷得死紧，眼神里却好像经历了一场天人交战，最后看看茶几上那几盘菜，有点恋恋不舍的模样，"时间早你就做吧，我明天把最近的值班时间表带回来，晚的话你就先睡吧。"

伏苓这才放下心来："干吗这么客气。"

她声音里不经意沾上一丝撒娇的味道，裴知味没说话，只看到茶几玻璃下她双脚一晃一晃的。夏天越来越热，她怕空调风，所以穿得清凉，蓝底碎花的棉质睡衣，手抄在腿下枕着，膝盖上还露出一截白皙，一双小腿更是有一下没一下地荡来荡去。裴知味忽觉口干舌燥，端起绿豆汤便囫囵往下灌，伏苓冷不丁问："裴知味，你，你要不要，你，你需不需要我爱你？"

裴知味讶异地瞪着她，伏苓又试图解释，她本意不是想这样问的，但说出口不知怎么就变成这样。她平时说话还是很利落的，现在解释起来却颠三倒四，竟连白天胡思乱想的那些跟赵启明裘安的对比都摊到裴知味面前。费了半天工夫，裴知味总算明白她的意思——他为她设想得太周到，而她无以为报，既然他一不差钱二不要孩子，那她似乎只剩下感情这样东西，可以勉强作为回报。

可惜她越说越乱，最后干脆住口，像做错事的学生垂着头，一句话不敢说，偶尔抬眼偷瞟他神色。裴知味脸色铁青，摔下碗筷："你想怎么磕碜自己我无所谓，你别侮辱我，我对你这种感情没兴趣！"

撂下这一句后裴知味甩门而出，伏苓回过神来，冲到窗口伸长脖子往下望，正见裴知味冲出她这一单元的大门，气咻咻地消失在夜色里。

伏苓趴在窗口，老半天才想明白裴知味只是人冲出去，那辆车还好好地停在楼门口的小道旁，再看看家里他外套、手机都在，连忙披上衣服，抄起钥匙下楼去找他。

寻到裴知味时他正站在小区里一家水果摊旁，背着手，凶神恶煞的，摊主热切地问："西瓜要不要来一个？"

伏苓想起袁锋说的裴知味买西瓜的故事，嗤的一声笑出来，裴知味冷着脸："有什么好笑的？"

"袁锋说你特别会挑西瓜。"

摊主仍在热情地推销，一个接一个地问他要这个还是要那个，裴知味也不听摊主的推荐，自顾自地抱起一个西瓜，像在医院问诊一样叩起来，最后挑定一个："这个。"

一刀下去剖成两半，声音清脆悦耳，瓜瓤红得恰到好处。摊主赞了一声，拿保鲜膜覆好装袋递给裴知味。裴知味拎起西瓜往回走，伏苓颠颠地跟在身后："你真的会呀？"

裴知味斜她一眼，也不理她，只继续往前走。

伏苓又讨好问："我手机上还有个挑西瓜的程序，你要不要下次试试？"

裴知味冷哼一声，回到家把西瓜扔进冰箱后脸色才缓和下来："我不是想跟你发脾气，"他确实也并不想和伏苓吵架，甚至于他自己也不知道刚才究竟是生什么气，只那一刹那怒火无法遏制。他又知道伏苓现在心理压力大，所以不愿和她吵，干脆自己出来消消气。他停顿良久后才说，"我知道自己工作忙，不可能准点上下班，让你辞职是为了好好休息安心养病，不是为了让你闷起来胡思乱想。况且你跟谁比不好，你跟裘安和赵启明比，他们俩完全是把家当成——"他倏地住口，像触到什么禁忌一样，半晌后口吻温和下来，"我们好好过自己的日子不就行了，你想那么多干什么？"

伏苓自觉理亏，裴知味现在这么忙，还要花时间照顾她的情绪，实在令她惭愧。裴知味冲完澡出来，她便立刻偎上前帮他揉肩捶背，按了没两把就被裴知味拖上床，命令简洁："睡觉！"

裴知味的睡相颇为怪异，他总把伏苓整个人裹在怀里，伏苓不得不蜷成一团，如婴儿在母体的姿势——好像他一定要抓住些什么才能安心似的。夏天夜里热成这样，他也乐此不疲，卧室里开了会空调把温度降下来，伏苓心里仍燥得怦怦跳，扭来扭去好久都睡不着。她以为裴知味早累得睡着了，不料许久后他像说梦话般轻叹说："我跟赵启明不一样。"

　　他轻飘飘的一句话把伏苓整颗心都提到嗓子尖来，再差一点就要扑通扑通地蹿出来了。谁知他说完这句就没了下文，伏苓提心吊胆许久，一时喜一时忧，她想大概真是心脏出了毛病，所以跳成这样，让她都分不清楚自己究竟为什么喜又为什么忧。

　　她无端又想起他说的那句话，她知道他在气头上的话是当不得真的，然而这句口不择言的话到底透露出他内心深处的意思——他并不在乎她的感情是否放在他的身上。

　　其实白天她不只胡思乱想了裘安赵启明的那些事，她心底也曾经钻出过另一个念头——也许，也许他真的有一点喜欢她呢？

　　伏苓知道裴知味并不如表面上那样淡漠，比如他说从不对患者投入任何感情关怀，但有一次他回家来脸色很差——一个住院颇久的小孩，活泼得很，医生护士都很喜欢，手术当时成功了，几天后却死于并发症。

　　可见裴知味也是有感情的。

　　可是她实在拿不准裴知味的心思，拿到体检报告时她一味只想躲，以为任何男人都不可能接受自己妻子心里对另一个男人念念不忘，所以拿叶扬来拒绝他，这理由足以让裴知味这样骄傲的人永不回头。谁知裴知味浑不当一回事，连她保存的叶扬遗物被他翻到，他也一点没有要追问或想要她解释的意思。

　　原来她问过他是不是真喜欢上她，第一次是玩笑的口气问的，他答得很顺溜；第二次是想激他走，谁知他软硬不吃；现在，无论如何，她没有勇气，也没有必要再问第三次了。

伏苓把工作交接得差不多，才给大项目组内成员发告别信。袁锋一收到邮件就蹿到她这边来，急急问："怎么突然辞职？准备跳槽吗？下家哪里？"

没等伏苓回话，袁锋已瞥见她无名指上的绿松石戒指，愣了一愣："你结婚了？"

"还没，要开始准备了。"

袁锋怔了好久："和，我哥？"

伏苓微微一笑："我前些天请假，和他一起去香港，"她比画了一下，"就是在那里定下来的。"

袁锋没想到她和裴知味两个人发展这么快，照理说邵明明已是一等一的人才，跟裴知味这么不咸不淡地谈了两年，也没出个结果，怎么到了伏苓这里，裴知味就雷厉风行起来了呢？袁锋自小就没受过失恋挫折，只有暗恋未遂，经验十分丰富，心里难受得很，却不至于寻死觅活。他替自己难受完，又担心起邵明明来，不知道她跟裴知味在一个医院，会不会遭人闲话。这么想了一通，竟忘了恭喜伏苓，老半天后才缓过神来："真好，挺好的，时间定了吗？要不要我当伴郎？嗳，我到底该算男方亲戚还是女方亲友啊？"

"都还没定。"

袁锋又是一愣："你辞职不是准备婚礼？"

伏苓拿着杯子带袁锋到茶水间，找了个角落坐下："之前做了次体检，心脏查出些问题，想休息一段时间再做手术。婚礼，我跟他商量准备等手术完再准备。"

袁锋心里一惊，见她神色轻松，连忙玩笑说："放心，我哥他自己就是心外第一刀，小Case。"

伏苓笑起来，两人聊了一会儿她在香港的见闻，伏苓又想起一事："对了，你前一段时间想做的手机应用，做得怎么样了？我最近杂事挺多的，一直也没顾得上问你。"

袁锋业余时喜欢编些小程序，最近两年智能手机大热后，他闲暇时就做些手机应用的开发，原来写过两个小工具一个小游戏，不温不火却也有些进账——至少把他买的平板电脑和智能手机的钱都赚回来了。今年年初他声称有一个绝妙构思，跟伏苓约好请她做第一个试用者，谁知没多久袁锋撞见她和裴知味在一起，很是尴尬了一阵。

"还……没搞定，有些问题。"袁锋很快把话岔开去，跟伏苓聊完，袁锋拨电话给裴知味，想问问他究竟怎么打算。

电话没有拨通，索性下班后去医院找，去时裴知味还在手术室，袁锋又晃去妇产科，想看看邰明明在不在。护士说邰明明在住院部看一个情况比较严重的孕妇，袁锋走到住院部才想起来他进不去，只好在住院部和主楼间半个足球场大小的草坪上晃悠。

天色已渐暗，袁锋垂头丧气地穿过草坪上错落的小径，百无聊赖瞪着两旁种植的各色花木。忽见不远处有一团白色人影，蹲在地上，手一上一下地捶着什么，也不知道是做什么。袁锋疑心有精神病人溜出来，走近两步发现那人在戳花盆里的花，心头顿时涌起一股正义感，决定好好教训一下这个破坏公物的败类。

他蹑手蹑脚向前潜行两步，预备来个"人赃并获"，却听那人一边戳花一边低声道："王八蛋，让你不喜欢我！"

袁锋一时被那破坏者凶猛的气势吓到——这年头女人真是得罪不起啊！那声音还有点熟，又听她念念有词："我是超级无敌美少女！我一定要找个跺跺脚就让你抖三抖的男人！"

她说一个字就戳一下花盆里的花，这女人情感之强烈堪比杀父之仇，他正欲往后缩，忽然眼前一花，整个人就四仰八叉地摔在地上，险些把屁股摔裂。

那女人拍拍手掌，好像很满意自己这一招过肩摔的效果，她的脸恰好迎着初升的月亮，袁锋定睛一看，吓得魂飞魄散。原来月圆之夜狼人变身的传说真是真的……袁锋战战兢兢地挥挥手："嗨，超级无敌美少女……"

邰明明凑近来看清楚人后冷哼一声:"大龄屌丝宅男!"

一句话险些把袁锋噎死,他一指戳着邰明明,又挣扎了两下才爬起来:"你要不要这么一针见血呀?我还一直替你担心呢,想不到你——真是最毒莫过妇人心!"

邰明明白他一眼,压根儿懒得理他,袁锋却追上去:"活该我表哥喜欢伏芩甩了你!伏芩比你温柔比你体贴比你善解人意一万倍!"

"再说一句试试?"邰明明蓦地转身,见袁锋吓得双腿立正,又转身往主楼走。

袁锋回过味来,忙追上去问,"你,你没事吧?"

再回首时邰明明一脸温和笑容:"我有什么事?"

袁锋又结结巴巴道:"我,我,我,我不是故意的。"

邰明明冷笑一声,又继续往前走。

"是我表哥不好。"

"他王八蛋。"

"我撑你!"

邰明明不耐烦转过身来:"你有病啊?小心别落在我手里。"

"你是妇科,我不怕。"

"我兼治男性不育。"

"你——"

"离我远点,你们裴家的男人没有一个好东西!"

"我姓袁!"

"血管里冒着姓裴的人渣味!"

"你这样不好,"袁锋追着说,"真的,有损你三中女神的形象。"

邰明明定住脚,一脸疑惑:"你说什么?"

"三中女神啊,你不记得了吗?以前你照片贴在学校门口的布告栏上，我毕业的时候还贴着呢。"

邰明明难以置信地问："你跟我一个中学？"

袁锋点点头："不过你读书早又跳级，所以比我高好几级。"

邰明明读书时一直是学校里的风云人物，上大学时还常有原来的师弟师妹很仰慕地找过来，没想到在前男友家里还能找到一枚隐藏粉丝。只可惜她现在心情不好，所以出口无好言："我要上楼，你要来看妇科吗？"

在邰明明这里碰了一鼻子灰，上楼找裴知味，终于挨到他下手术，裴知味却说跟伏苓晚上有约。袁锋从裴知味这里什么都没打探出来，灰溜溜回家，又接到老妈的逼婚电话。而且这回不只是他老妈，还有他表姨也就是裴知味的妈妈，表姐妹俩先逼问他和微博上那个"花雕茯苓猪"到底什么关系，袁锋矢口否认他暗恋过伏苓，一口咬定只是关系很好的同事。

这时他的表姨裴知味的妈妈才露出本来目的——原来她们俩还蹲点上了裴知味的微博，发现他和"花雕茯苓猪"有暧昧，袁锋无奈之下承认伏苓是裴知味的新女朋友，二十六岁，普通家庭正经闺女重点大学稳定职业，十六个字就概括了裴知味的妈妈秦晚舟所希望了解的伏苓的一生。

他们的婚讯马上就遍地传开，伏苓这边通知了父母、叶扬的爸爸和文阿姨。叶家老两口激动不已，几乎每天都要往医院跑，给裴知味和同科室的医生们送自种的新鲜蔬菜，收也得收不收也得收。

因为伏苓的父母不在本市，叶家老两口抢着张罗着怎么准备婚礼，逐家酒店考察时间地点是否合适办喜宴，又问他们想办中式还是西式，劲头比当事人足多了。

裴知味别的都不急，唯独在新房的问题上犯起愁来。住的房子是他自己买的，也没收袁锋的房租——虽说袁锋可以跟公司申请宿舍，可一来条件不如他这里，二来跟袁锋开这个口，总有点"赶"他的嫌疑。

当初对伏苓下手时，裴知味一点没因袁锋而愧疚迟疑，谁知道这么快提到结婚，再让袁锋另外找地方住，倒让他觉得像是在欺负老实人。

他一边觉得对不住袁锋，一边却忙不迭带伏苓参观他的住处，旁敲侧击想让伏苓早些搬过来，让他这里也沾点"家"气。

这是伏苓第一次进裴知味的房子，裴知味住的是主卧，房间布置得井井有条，从衣橱到书桌，家具带音响设备都是整套的，色调偏冷硬，却不至于呆板。伏苓轻叩他书桌台面，声音沉稳，显是极实在的做工。玻璃书橱里，除了部分古典乐唱片和艺术画册，余下一色的专业书籍，连书桌上电脑旁还摞着一堆资料，裴知味不好意思道："谢主任他让我帮忙写一份心脏外科手术的实战经验讲义，拖了大半年了还没写。"

伏苓算算他拖的这大半年似乎都是拖在她身上，忍不住偷笑："你客厅里的家具好像和里面是一套，可是外面完全没收拾。"

裴知味摊手道："你也得想想我跟什么人住在一起，外面如果不是我固定请家政工人来打扫，那就跟垃圾场没两样。别说客厅了，他那间房的家具和我这儿也是一套的，我真不忍心看。如果要拍什么抢劫盗窃现场，他那间房不用另外布置就可以派上用场，你要不要参观一下？"

"不好吧……"伏苓口里推却着，手却拖着裴知味往外走，倒不是裴知味不尊重袁锋的隐私，而是袁锋这个人随便惯了，实在没什么隐私可言。

袁锋的房门也是从不反锁的，一开门果然场面很壮观，房中央一块方地毯，旁边扔着手柄和几样游戏机，对着地毯的自然是电脑桌——那是裴知味帮他订的，和自己一样的用料类似的款式，桌面上的电子产品、光碟、台灯、水杯、接线板等物件堆得触目惊心，大有牵一发而动全身的架势。

更触目惊心的是，大床的凉席上躺着一个男人，正是他们以为并不在家的袁锋。

他穿一条小内裤，头戴全包式耳机，跷着二郎腿，膝盖上搁一台平板电脑，正摇头晃脑地在屏幕上画着什么。

"啊——"

"啊——"

先尖叫的是伏苓，然后袁锋吓得从凉席上一跃而起，迅速将平板电脑挡在腰下，再看看上面没挡住的两点，又是一声尖叫："非礼呀——"

伏苓连忙转身，裴知味退出来关上门，和伏苓你看看我我看看你，真是尴尬至极。

五分钟后袁锋穿好衣服出来，裴知味紧拧着眉问："你今天不上班？"

"我今年还剩好多年假没用，干脆请一段整假在家里调程序。"

裴知味神色稍霁，吩咐袁锋洗漱一下跟他们出去吃饭。时间选得早，湘君楼还有余位，点菜时伏苓和裴知味自然都迁就袁锋，满满一桌全是他爱吃的菜。裴知味心怀鬼胎，袁锋埋头把鱼头牛蛙往嘴里乱塞一气，半晌后忽冒出一句："对了，公司里恰好有同事想申请宿舍，约我一起，免得和不熟的人住一起。我看你们也要结婚，就答应了，申请下来估计要一周时间。"

这话正中裴知味下怀，口上却仍挽留道："我又没赶你走。"

袁锋赌咒发誓，说公司宿舍上班近设施周全，可以让他每天多睡半小时懒觉。两人这样装模作样了一番，袁锋问及伏苓病情，说他最近闲得很，可以在表哥大人工作繁忙时略尽照顾之责，请伏苓千万不要不好意思，有事只管使唤他。

裴知味默许了袁锋的自荐，现在他完全相信，在伏苓面前袁锋是毫无战斗力的。

因为没有人能战胜一个死人，他裴知味都没做到的事，袁锋自然就更不值一提了。

　　裴知味这边，母亲秦晚舟很快订下机票来探望她的准儿媳。伏苓照裴知味的嘱咐去接机，听说他妈妈口味清淡，又订好粤色的包厢。她先陪秦晚舟喝茶吃点心，等裴知味和袁锋下班过来。

　　秦晚舟看伏苓真是越看越贴心——平心而论伏苓也没什么优势硬性指标，但伏苓心中惴惴，态度自然谦虚许多，只这一条便立刻把"三高"女性代表邰明明比下去，成为秦晚舟眼中的香饽饽。

　　袁锋下班过来，看到表姨秦晚舟和伏苓相谈甚欢，极是诧异，不明白表姨是怎么被伏苓收服的，既惊且叹。裴知味按照母亲的盼咐，把谢主任也请了过来，谢主任和裴知味的父亲是留学德国的同学，后来又共事多年，如今裴知味要结婚，证婚人非谢主任莫属。

　　谢主任落座后和秦晚舟聊了两句，见伏苓正在身旁，便顺口道："伏苓，我一个老朋友最近收治的一位患者，病因和你类似，但情况比你严重很多，已经有三十年的病史，手术刻不容缓。我和小裴研究过，让他去观摩学习一下手术过程，这样对你的治疗也更有把握。这段时间，你先继续在明明，哦，邰医生那里的治疗，我们一项一项来，集中力量，逐个攻克。"

　　一旁裴知味和袁锋脸登时就绿了，秦晚舟一脸笑容都有些挂不住，转头问裴知味："你们说什么手术？"

　　空前良好的氛围顿时凝结成冰，谢主任这才明白失言——这两个人都谈婚论嫁了，怎么会还瞒着家里这种事呢？看着满桌精致菜肴，谢主任也无从下口，吃完主菜后便以要回医院巡房为借口遁走。这回只剩下自己人，秦晚舟便向伏苓问道："我记得下午听你说，你爸爸原来被公司派到比利时去学习，后来有机会调到江城来，因为什么放弃了？"

　　伏苓看秦晚舟刚才的反应，已知这一关不好过了，越发后悔刚才把自己家底交代得这么清楚——因为秦晚舟言语间优越感颇重，据说裴知味的外婆家原来亦是书香世第，伏苓不想显得自己父母是小城镇混日子的人，便把父亲当年有机会再求上进的经历故作不经意地泄露了一下，现在听到秦晚舟追问，只好硬着头皮道："我一个姨婆身体不好，她儿子也就是我表叔走得早，我妈妈经常要去照顾她，爸爸觉得妈妈一个人照顾几家老人太辛苦，所以学习了半年就回来了。"

"你爸爸妈妈真有心，现在愿意养自己家老人的都不多了，"秦晚舟的面色依旧和蔼，"你表叔走得很早？"

"挺年轻的。"

"真可惜，白发人送黑发人。他怎么走的？"

伏苓愣了愣，她原来只觉得姨婆很可怜，年轻时一家和乐融融，老来先丧夫后丧子，却从未想到这和自己有什么联系。她更没有想到，那位只在幼时见过一面的表叔，会在这么多年后，突然在她的生活里掀起惊涛骇浪。

她喉咙干涩，艰难答道："好像，也是，心脏病，猝死。"

第十二章 两个寂寞

散场时裴知味说要送伏苓回去，但秦晚舟住的酒店是伏苓帮忙订的，现在让伏苓陪她去酒店已不太可能，只好委托袁锋送伏苓回去，自己送母上大人去酒店。

袁锋的宿舍还没申请下来，所以伏苓仍住在自己租的那一居室里——现在她庆幸还没搬过去，不然的话不晓得秦晚舟还有多少联想。

还在出租车上，伏苓忍不住自嘲道："果然丑媳妇难过公婆关。"

袁锋嘿嘿两声："总算见识到了吧？我都见二十多年了。"

"他，家里管教很严？"

袁锋左手一摊，又挥动两下，不知道该怎么形容："怎么说呢？你有没有同学是那种……父母都是传说中的高级知识分子的？"

伏苓皱眉思索道："好像有。"

"这些同学有什么共性？"

"成绩好、家教好，特别有涵养、懂礼貌。"

"还有呢？"

伏苓摇摇头："不知道。"

袁锋清清嗓子，认真道："你知道有一类父母，特别喜欢为子女规划人生道路——当然，所有的父母都喜欢，但是有一类比其他的更喜欢。他们都觉得自己人生经验丰富，不想让孩子走弯路，或者说少走弯路。如果父母还都是高知，在自己那一行地位比较高，不希望资源浪费，那百分百要子承父业。"

"所以？"

"知识分子就特别能讲道理，君子动口不动手，他们很少动手，而采取潜移默化、循循善诱的方法，"见伏苓眼神愈加疑惑，袁锋大手一挥，"通俗点说就是，一天没有说服你再说一天，一个月没有说服你再讲一个月，一年没有说服你再念一年！绝对字字珠玑引经据典有耐心有涵养，你不服都不行！"

伏苓倒抽口凉气，袁锋又补充道："更何况我这二表哥是个二十四孝。"

"你的意思是他特别听父母的话？"

袁锋撇撇嘴："这事挺不公平的。"

"什么不公平？"

"他上面还有个哥哥，你听他说过吗？"

伏苓摇摇头。

袁锋一想这件事就有点发愁："我表姨和表姨父都挺偏心的，也不知道为什么，反正二表哥从小到大什么都听话，但是做什么都讨不到他们的欢心。"

"你说裴知味，"伏苓一脸诧异，"不可能吧，他一点都不像不得欢心的人，我看他倒像被宠大的。"

袁锋摇摇头："那是这几年的事了。以前他爸妈对他特别苛刻，有一年我姨奶奶也就是他外婆病了，我表姨父把大表哥送到国外一家医院实习，把二表哥打发回来照顾我姨奶奶，端茶送水看床喂药。所有的好事都轮到大表哥，吃苦打杂都是二表哥——偏心吧？"

"他大哥也是医生？"

袁锋耸耸肩："嗯哼，我大表哥在沉默中爆发，离家出走了；我也完全不能理解，二表哥为什么那么逆来顺受。"

伏苓完全没办法把袁锋的描述和裴知味对上号："他哪里有逆来顺受的细胞？"

"都说是以前了，可能后来他也寒了心吧，怎么听话也讨不到父母欢心，干脆出来自己过自己的。也许因为我大表哥离家出走，所以表姨和表姨父对二表哥态度好了很多。"

听袁锋这么一说，伏苓忽然对裴知味生出些同情来。

"虽然他这几年不像原来那么听话，不过看我表姨反应这么强烈，保不准出什么事。"袁锋话锋一转，笑嘻嘻说，"所以呢，你最近要对他好点，让他多感受到温柔和包容、温暖——有你做他坚强的后盾，他才有源源不断的力量挣脱家庭的枷锁！"

"滚一边去，瞎说什么！" 想到晚上秦晚舟的话，伏苓更感别扭，"一定是我今天起床的姿势不对。"

伏苓原来一直好奇，为什么她认识的裴知味和袁锋眼里的裴知味完全两样人，现在才知道其中有这番缘由。她一点也拿不准裴知味会怎么应对，唯一笃定的是，在秦晚舟这里，她已经出局。

事实上裴知味也在头痛这个问题，但他对母亲性格知之甚深，任何主动出击都会碰上她的化骨绵掌，让你蓄好一身劲进来，不知道往哪里使力。

还在路上秦晚舟便总结道："这姑娘人倒是不错，是个正经孩子，可是这个问题也太难办了。"

裴知味不紧不慢地嗯一声。

"那你现在准备怎么办？"

"慢慢来呗。"

"慢慢来？"

"是啊，那有什么办法呢？不过我打听过，这边结婚酒席都排到明年五一去了，我和伏苓的同学朋友都不在这边，就算酒席少几桌，也得到明年开春。也好，让伏苓好好治病，动完手术再休养一下，差不多也就可以结婚了。"

秦晚舟越听越不对劲："现在这个情况你还准备结婚？你——你考虑清楚没有，她那个叔叔也是心脏病年纪轻轻就死了！"

"表叔。"

"那也是三代以内，这叫什么？这叫家族病史！"

裴知味点点头："还好伏苓检查得早，现在问题还不算严重，手术把握也比较大。"

"你！"

秦晚舟窝着一肚子火都没地方发，当然主要也是事起仓促，时间拖得久，她可以慢慢酝酿，慢慢劝导。现在可是刀架在脖子上，那边伏苓的家长马上要到江城来，等两家父母见了面再定好日子，这事情再想变卦可就难了！

秦晚舟越想越不是味："你们现在年轻人，谈恋爱也太不慎重了，说分就分，邰明明不也三十岁了？你就这么耽误人家女孩子的青春！"

"那不耽误也耽误了，我都耽误了一个，怎么好再耽误第二个？所以这次我深刻反省、痛改前非，速战速决、闪电结婚。"

"那也用不着这么快吧！你跟邰明明谈了多长？那么久都没磨合好，现在怎么能这么草率！"

"妈你不是一直都催我结婚么？"裴知味讶异道，"你不老说我这两年再一混就过三十五了，四舍五入就四十的人了，到时候哪还有姑娘肯要我！"

"你！"秦晚舟伸手指着他，半晌反驳不得，"我要你结婚，不是把这个婚结了就算完成任务的！结婚的目的是什么？你想过没有，就算你们把伏苓她给治好了，将来你们有孩子，又遗传了这个病怎么办？你能承担得起这个后果吗？你想像她那个姨婆一样，白发人送黑发人，到六七十岁上头无人送终吗？"

"话不能这么说，"裴知味慢条斯理道，"第一，人类婚姻的目的，不在于繁衍生命，而在于用法律条文契约精神将爱情世俗化，从而使人类社会保持住一种相对稳定和和谐的状态；第二，如果婚姻的目的在于繁衍，那怎么解释老年人失去配偶后的再婚，怎么解释有孩子的离异人群再婚，实在不行，领养一个也没有问题。"

秦晚舟被他理论得火冒三丈，怒道："你哪来这么多歪理！我只知道是人就想要和自己血脉相连的骨肉至亲，这才是人之常情！"

"人和人的情况不一样，我从来没说过我喜欢小孩。"

"你说什么？"秦晚舟厉声道，"这个世界上哪有人不喜欢自己的孩子的！你为什么一定要和别人不一样呢？你知不知道如果你结婚后不要孩子，别人会怎么看你，别人会认为——会怀疑你到底是不是个男人！"

"哦，你的意思是说，我生一个孩子，然后苦哈哈地把他养大成人，就为了向别人证明我是个男人？"

"你不要跟我讲这些歪门邪道！我跟你讲道理你就给我讲歪理！你从小到大不是什么事情都很听话的吗？为什么在这种事情上一定要跟我拧着来！每个人都要读书工作结婚生子，这才是正途！你为什么偏要和别人不一样！"

说完这通话秦晚舟已气得发抖，恰好车也开到了苏珊连锁酒店，裴知味刹住车，微讶问道："我小时候你们不是一直都跟我们说'你们跟别人不一样'、'你们不能老跟别的孩子比'、'跟他们一样算不得什么，你们要做和别人不一样的人'……诸如此类的吗？怎么现在突然又调整教育方针了？"

裴知味说完还耸耸肩，很无法理解的模样，他下车从后备车厢里提出秦晚舟的行李箱，帮她办好入住手续。秦晚舟在电梯里还咬牙切齿地说："我管不了你那么多！反正你甭想给我结这个婚，我是不会认她做我的儿媳的！"

"妈妈，"裴知味领她进门，检查好门窗后准备告辞，他在门口停了一停，神色略显萧索，"你是希望我娶一个能跟我过日子的妻子呢，还是只想要一个合你心意的儿媳？"

不等秦晚舟回答，裴知味转身便走，他驱车赶往伏苓的住处，等红绿灯时发了条短信问"睡了没"，伏苓回复说"马上"，他说"你等我"，那头等了很久才有回复，就两个字："好的"。

裴知味这一路开得无比轻松，不知道为什么，他心头有一种难以形容的畅快感觉，像翱翔在万里云端。

这是他从小到大第一次公然和母亲顶撞，诚如母亲所言，他"从小到大都很听话"，然而究其起因，并不是他真的听话，而是因为他想讨得父母的欢心。

他以为他听话，他们就会喜欢他。

然而现实逻辑并非如此，他越是退步，父母的需索便越多；他越努力，父母越对他的一切视作理所当然；直到——

直到那一回，他以为大哥的离家出走，终于让父母开始重视他。

没想到仍是一场镜花水月。

但凡他曾对他们抱有一丝希望的，最后都只得到失望。

裴知味想到父亲离世的那个晚上，父亲昏迷中的呓语给予他当头一击，却同时，也让他得到了解脱。

所以现在，他仍为母亲的反对和伏苓的病情担心，但心情并不沉重。

裴知味打开门的时候，正看到伏苓在拖地——她辞职后清闲得很，成日除了收拾屋子也无事可做。裴知味反手关好门，倚在墙边瞅着伏苓，她已换了衣服，穿一件在香港买的印度风睡衣，鲜艳的橘黄绿紫搭配，色彩斑斓的，益发衬出她细细的胳膊，莹白的脖颈。

见他半天没进来，伏苓停住手里拖把，抬头问："找不到拖鞋了？"说着她把拖把靠在墙上，过来帮他找拖鞋，他也不说话，钥匙往旁边一撂，手一抄将她腰搂起来。

她只感受到他掌心的温度，他修长的指，按压在她的背上，轻轻抚动，他炙热的唇舌，正交换着她的气息。

然而奇怪的是，他们激烈的纠缠，竟没有激起她心底一丁点的欲望。她享受他的拥抱、亲吻、爱抚，亦主动地回应他。缱绻亲吻，只让她觉得安稳、宁静。

在裴知味来之前伏苓担心过许多事，他们感情并不算多深，如果有的话，那点夜夜缠绵累积起来的感情，并不足以让裴知味去违背他的母亲；她甚至庆幸袁锋还没搬家，这样她不至于陷入更尴尬的境地；她痛恨自己现在的脆弱、软弱，因为她甚至弄不清楚她和裴知味到底算什么，却一厢情愿地希望裴知味不要在这时候离开她。

也许是寂寞，她已孤独了很久。

也许是脆弱，她没有办法在这种时候，还保持坚强。

她心里生起一种奇妙的想法，不需要问他什么，也不需要什么答案，她就是这样觉得——他会一直、永远地陪在她身边。

夏天天亮得早，伏苓醒过来时，裴知味正撑着脑袋，盯着她胸前很认真地观测些什么。伏苓大窘，伸手去找睡衣，却被裴知味拦住："别动。"

"你干吗？"

裴知味伸出手指，在她胸骨正中画一条线："你的手术比较复杂，要采用胸骨正中切口，喏，就是这儿——这么长。"

伏苓呆若木鸡，老半天才回过神来："大早上的，你变态啊！"

"先给你讲解一下，免得你到时太紧张。"

伏苓摸过睡衣把自己罩住，问："你不是说手术不复杂么，为什么要让谢主任做？"

"你想我做？"

伏苓眼珠子溜溜一转："想起来也怪怪的。"

"你的病情还没到最严重的程度，不算很紧迫，你其他的身体机能也还好，所以说不复杂，"裴知味努力斟酌词句，想办法在不吓到伏苓的前提下让她了解手术复杂度，"但是比起常规手术，还是有一些难度的。"

伏苓似懂非懂点点头："你们医生是不是不能给亲人啊朋友啊什么的做手术？"

裴知味愣愣后笑："那倒也不是，一般情况下还没这么忌讳，但如果手术难度很高，感情又特别深，会引起太大情绪波动的话，那还是换人做比较好。"

听他这样说，伏苓咬着下唇吃吃笑起来："裴医生，我听你们科室的人都说，你平时胆子特别大。"

一看她这神情，裴知味已知她接下来要说什么了，只好陪着她玩："嗯哼。"

"很多风险特大的你也敢接。"

"是啊，知道厉害了吧？"

"然后你不敢给我做手术。"

"我敢接风险特大的手术，是在一切以病人利益为重的前提下来说的。如果有更好的人选，我没有必要跑出来抢——如果不管三七二十一什么手术我都要抢来做，那不叫治病救人。"

"不要不承认嘛裴医生，"伏苓翻身将胳膊架在他身侧，"偷偷告诉我，我不会外传的，其实你就是特紧张我，对吧对吧？"

裴知味无奈地望着天花板，拍拍她胳膊，起身穿衣服："不要担心我妈，我会搞定的。"

以裴知味对母亲的了解，她不是轻易就死心的人，但裴知味也没料到她反应如此强烈——没两天他就接到邵明明的求助电话：

"裴主任，你行行好，把你们家老太太请回去吧，我受不了了。"

"我妈去找你了？"

"可不是，我跟她说我忙，她也不肯走，就坐在那儿跟候诊的女人们聊天——我真的怵你们家老太太，她再在我这儿坐半小时，我这就要出医疗事故了！"

裴知味看看离下台手术时间尚充裕，一边打电话给袁锋请他来医院把秦晚舟接回去，一边赶到邰明明那里，果然见秦晚舟正和颜悦色地和几个孕妇聊天。他三步并作两步冲过去，气急败坏又不好发作，只好低下声问："妈，你跑到这里来干什么？"

"我——我来做检查。"

"你一年定期体检两次，跑到这儿来检查什么？妈，你心里想什么我还不清楚吗？你先出来，我有话跟你说。"

秦晚舟还没说话，一个孕妇突然道："咦，裴医生，这位是伯母啊？"

裴知味一看，居然正是裘安，他也没心思多说，只问："伏苓怎么没陪你来？"

"伏苓她爸妈今天过来，她去接他们了，你不知道吗？"

裴知味拍拍脑门："不好意思，忙晕了，她昨儿还跟我说过。"

裘安颇疑惑地望望秦晚舟，还没来得及发问，就轮到她进去检查，便匆匆告辞。裴知味把秦晚舟拉到一边，没好气道："妈，我请你不要在我背后玩这些小动作。"

"我来看看明明，怎么算小动作了？她爸妈——跟你爸爸也算认识，虽然你爸在世的时候没看到你们在一起，但她也算我的晚辈不是？"秦晚舟还欲往下说，裴知味挥挥手截住她："那你想过没有，我和她在一家医院，我们谈恋爱，然后分手，已经让人背后议论她了。你现在再跑到她这里来蹲点，这边人来人往的，你还让不让她做人？我跟她分手是因为我不愿意为了顺从你而选择和自己不爱的人在一起，但没想过要因为这个让她跟我绝交！"

秦晚舟皱皱眉："哪有这么夸张？大家都算是老朋友，你约她晚上出来跟我吃饭。"

"伏苓订了酒席，我们要跟她爸爸妈妈吃饭。"

秦晚舟满心不快，又无可奈何，只皱着眉不肯挪步子，裴知味又沉声道："妈，伏苓的爸爸妈妈来了，我希望今天晚上这餐饭，大家都能吃得高高兴兴，安安心心。"

"我——"秦晚舟心里一千个一万个不情愿，看医院里人来人往，又都咽回肚子里，只问一句，"就非她不可么？"

看着母亲颓丧的神情，裴知味忽有些不忍心，然而他还是狠心点点头："嗯。"

没多会儿袁锋便打车到了，裴知味送走他们，又折返回妇科。等裘安检查完出来，他便进去跟邰明明道歉，邰明明脑子一转便猜出关窍来："你妈妈知道伏苓的情况了？"

他点点头，邰明明想想又笑："真没想到，你还是这么一个有情有义的人。"

裴知味很讶异地瞪邰明明一眼，邰明明忙解释道："我随口感慨一下而已，可不是对你余情未了。"

"我也没那么自恋。"

邰明明撇撇嘴："虽是意料之外，也算是情理之中。"

"你说什么？"

邰明明摇摇头："我知道你不会在这种时候放弃伏苓，可我还真的没想到你会这么快跟她结婚。"

她若有所思地叹了一声，良久后伸出手来："一直都忘了跟你说一声，恭喜。"

第十二章 树叶是飞翔或坠落

临近下班时被一位患者缠问，耽搁了时间，等裴知味赶到湘君楼，推开包房门，只见一桌肃然，袁锋咧着嘴给他使眼色，也看不出他究竟要表达什么意思。秦晚舟板着脸，对面一对夫妇也板着脸——裴知味估量着这便是伏苓的父母了。伏苓无奈望向他，微不可察地摇摇头，又撇撇嘴，看来在他来之前，她父母和秦晚舟已有过一段不那么愉快的对话了。

伏苓的母亲先开口，却只朝向伏苓说："你要我们再等等，现在人也到了，我们面也算见过了，那就先告辞吧。"

一旁伏爸爸摇摇头，跟着伏妈妈起身，一边拍拍伏苓的肩膀，示意她跟上。袁锋这边帮忙挡住伏家二老，裴知味那厢反手锁门，皱眉向秦晚舟问："妈，你又说了什么？"

秦晚舟脸色亦很难看："你看你年纪也不小了，做事还这么冲动，没你爸爸看着，你总要闹出点事来！"

"出什么事了？"

"你跟伏苓认识才多久，怎么就这么急着结婚？她父母连你的名字都没听说过，也不知道自己女儿生病，说话还这么难听，我好心好意——"

袁锋招架不住伏妈妈，在一旁又是使眼色又是挥手，裴知味跟上来劝伏妈妈坐下，口里不停叔叔阿姨的问候。他看出来伏爸爸态度较为缓和，主心骨在伏妈妈这里，所以忙不迭来向伏妈妈道歉。

伏爸爸脸色虽不好，倒不似伏妈妈那么怒形于色。伏妈妈一见裴知味来赔不是，气势登时就上来了，话是对着裴知味说，眼睛却睃向秦晚舟："裴医生，你是医生我没叫错吧？既然你是医生，听苓苓说还是心脏科的，那苓苓的病，想必你比我们都清楚。我们事先确实一点也不知情，我们家没有做医生的人，她也没生过大病，我们从来没往这上面想过。所以这件事上，也谈不上谁坑谁谁骗谁的问题。"

她语气严厉，裴知味赔笑道："结婚这种事，哪有什么坑啊骗的，我妈她就是这个性格，我代她跟你们赔个不是。"

秦晚舟听裴知味道歉，也不说话，只别过脸去表示不满，以示教养风度。

"话不能这么说，今天我们也算是对亲家——现在虽说不像过去，要父母之命媒妁之言，但双方父母基本的尊重还是要有的。"说到这里伏妈妈忽顿一顿，又冷笑一声，"你妈妈的话，倒也在理。你父亲过世了，剩下你们母子俩，感情自然深厚，将心比心，我们都是为人母亲的，她说得很对。这场婚事确实没有谈下去的必要，刚才我跟你妈妈也是这么说的。苓苓一定要我们等你过来，现在你过来了，我们把话也谈开了，裴医生你说是这个理吧？"

裴知味满心焦急，他这里道歉，秦晚舟那边冷哼拆台，伏妈妈双目炯炯，逼着他答话，可他压根就不知道两家长辈都谈了些什么，又怎么个"谈开"法，实在没法回答。他侧目朝伏苓求救，伏苓只好提示道："我还没来得及告诉我爸妈要手术的事。"

这下裴知味才回过神来，敢情伏家父母欢欢喜喜来对亲家，秦晚舟当头一棒就斥他们隐瞒女儿病情——其实伏苓原本是想瞒过去，不让父母替她空担一次心。谁知秦晚舟一见她父母，殷勤周到得让她父母都有些莫名其妙了，问她父母有无退休，现在家住何处，退休后有什么休闲娱乐，可有什么长远打算，如此等等。

伏妈妈心中纳闷，偷偷把伏苓叫出去，问："她这儿子不是有什么身体缺陷吧？"伏苓当然更诧异了，明明头些天秦晚舟还没好脸色的，今天怎么突然一百八十度大转弯？她想不明白，但秦晚舟和她父母聊着聊着，她也就慢慢明白过来——因为秦晚舟一直在把话题往她父母往年生活和双方亲戚那边引，果然没多久就聊到她那位姨婆身上，伏爸爸叹说："人生最悲痛的三件事，莫过于少年丧父中年丧妻老年丧子，她这姨妈倒是赶上了两样，中年丧夫，老年丧子。前两年走的时候，昏迷了好几天，亲戚们来看她，只要是和她儿子差不多年纪的，都抓着人叫她儿子的名字。"伏妈妈也摇头道："白发人送黑发人，真是想想都伤心，人说养儿防老，她这——唉！"

"你们二位真是明白人，我想来想去，都不知道怎么开口，既然你们也都清楚养儿防老，那又怎么忍心让我儿子将来连个送终的人都没有呢？"

她一句话便把伏爸伏妈都给闹蒙了，伏妈妈老半天才回过神来，问伏苓："你们这是怎么了？"

伏苓咬咬牙，问："妈，我们家里，还有什么亲戚是得过心脏病的吗？"

"你——"

"我六月份做身体检查，心脏有些问题，可能要做手术。伯母听说姨婆家表叔也是心脏病猝死，所以想知道……我们家是不是还有其他人，也得过类似的病。"

伏妈妈显然无法接受这个信息，双手紧紧抓住伏爸爸的手腕："崇山，这，这到底是怎么回事？怎么——"

不等伏爸爸接口，秦晚舟抢先道："不不不，我不是这个意思。伏苓你误会了，我知道你是个好姑娘，我听袁锋也说了，你在单位上一直都很踏实。我也绝对不是嫌弃你们家女儿，只是将心比心。想必你们也知道，我爱人原来也是医生，一年到头，从来没能在家待超过十二小时，家里大大小小的事，都是我忙前忙后地操心。你们看伏苓现在的情况，这是需要人照顾的，这他们俩要结了婚，她怎么受得了这样的操劳？"

见伏爸伏妈都没说话，秦晚舟顿顿后又说："不瞒你们说，我是真挺喜欢伏苓这孩子的，我见她第一面就喜欢她。我这个儿子，从小到大都特别听话，从没跟我和他爸闹过一次脾气，就这么一次。我也知道他们感情好——他原来谈朋友，有谈过两三年都没提过结婚这话的，我听说伏苓和他认识还不到一年……我们都是过来人，年轻的时候，谁没个冲动的时候？我们做父母的，这种时候，格外要给子女把好关。我知道我这样说，弄得好像是一听说伏苓身体不好，就怕背负担似的——你们要是这样想，就真是冤枉我了。"

秦晚舟说话字正腔圆的，平和却有力，语速虽慢，却不给人一点插话的余地。

"你们真是不知道我多喜欢伏苓这孩子，昨天我还跟儿子说，要倒回去三十几年，我宁愿没有他这个儿子，也想生一个伏苓这样的女儿。突然出这种事，真是无妄之灾，要是你们不嫌弃，我情愿收她当干女儿，将来她要嫁人，我给她准备嫁妆；要是没个合适的，我和爱人原来多多少少也攒了些钱——"

说来说去，归结起来，无非是一句话。

她情愿付出所有，也不愿意让裴知味娶伏苓。

裴知味舔舔唇没接话，伏妈妈继续道："我刚才跟你妈妈说过的话，现在也不妨跟你重复一遍。伏苓她不缺干妈。"伏苓插嘴道："他见过干妈，还帮干妈买过几次药。"伏妈妈闻言一愣，问裴知味，"那你也知道——"

"我知道。"

伏妈妈一时怔住，她早做好女儿很难嫁出去的准备，裴知味来之前，她跟秦晚舟说："我们伏苓不缺干妈。你说父母要把好关，这句话很对，我也要给女儿把好关，不然嫁得不好，那是要坑我女儿一辈子的！有件事你可能不知道，伏苓读书时有个男朋友，在学校为了救一个爬到房顶的小孩，掉下来时踩空了，被电线杆刺伤了肝脏。按你的说法，他们那会儿年纪小，也没谈婚论嫁，什么都做不得数。三年后那男孩走了，我女儿这三年里，没有说过一个要分手的字。我女儿就算现在身体不好，可她人品本性是不打折的。你放一千个一万个心，我决不会把女儿嫁进一个会看轻她的家庭。至于生病养老，你更不必操心，那男孩的父母虽然没读过太多书，都是本分老实的工人，可他们知道做人是讲良心、讲情义的，我们四个老头老太，总养得起一个女儿！"

秦晚舟的态度实在让她恼火，每一句话都说不嫌弃，实际上是每句话都在嫌弃——可现在发现裴知味更早知道伏苓身体出了问题，也知道叶扬的事，还肯打电话给双方家长来商量婚事，倒真是诚意十足，让伏妈妈不知道如何开口。

可秦晚舟的话实在气煞人，伏妈妈回想方才她那一副知书达理循循善诱的模样，口气便又强硬起来："我想，裴医生对你妈妈的态度，应该比我们了解得更清楚才是。谈恋爱是两个人的事，结婚是两个家庭的事，"她握握伏苓的手，"这件事，是你们太冲动了。"

这番话一吐伏妈妈胸中恶气，说完后竟心平气和许多，秦晚舟脸色十分难看，但强忍着没有发作。伏妈妈拍拍裴知味的手："话都说到这份上，今天的饭再吃下去也没意思，你还是让我们先回去吧。"

伏苓深深望裴知味一眼，冲他偷偷点一点头，示意裴知味让他们先回去，不然在这里继续吵下去，只会适得其反。

裴知味稍稍退开一步，却在伏妈妈拉开门时说："阿姨，我不太同意你刚才的看法。你说结婚是两个家庭的事，在我看来，结婚就是两个人的事。我未娶，伏苓未嫁，我们双方自愿结婚。我们请两方家长见个面，是一种仪式也是一种尊重。除此之外，我不希望这两个家庭，和我们要组建的新家庭有太多交集。这话难听了些，可我是照心里话直说。"

　　伏妈妈微微一笑："这话你应该去跟你妈妈说才对。"

　　裴知味点点头："阿姨的意思是说，只要我妈妈不反对，你和伏叔叔，也就都不反对了是吗？"

　　伏妈妈被他反将了一军，不情不愿道："可不光是不反对，结婚是一辈子的事，这往后的日子还长着呢。"

　　裴知味笑笑不说话，他送伏苓一家下楼打车，告别时也没跟伏苓多说什么，只一句"你等我消息，早点睡觉"。

　　伏苓朝他挥挥手，坐在出租车里，汇入车水马龙之中，不知为什么，心好像突然安下来了。

　　自秦晚舟在第一次见面时给她脸色后，她便觉得这婚事摇摇欲坠，但裴知味当晚就赶过来，明明也没说什么，她突然又觉得好像没什么问题，顶多在秦晚舟面前她忍忍而已。等父母过来，秦晚舟那样绵里藏针，母亲又寸步不让针锋相对，她又觉得毫无希望了——可裴知味那么轻轻一句话，好像所有的问题，都不成其为问题了。

　　有一种踩棉花的感觉，一脚轻一脚重。

　　伏苓忽然想起来，小学时写作文，天边的白云，一朵一朵，像棉花一样。

　　翌日，伏家二老和叶扬的父母见面，伏妈妈和文阿姨互相安慰着哭了一阵，又同气连枝骂秦晚舟一阵，再陪着伏苓去医院检查。跟谢主任一谈，伏妈妈这才知道伏苓心脏问题的严重性，加之伏苓的表叔她的表弟又确实死于心脏病突发，再往上的祖宗们没法追溯，不知道究竟有没有这家族病史。

冷静下来将心比心，伏妈妈觉得秦晚舟的顾虑也是人之常情，只是对象恰好是她女儿，那就绝不能让秦晚舟讨了便宜去。

平心而论，伏妈妈也承认裴知味是个不错的女婿人选，以伏苓的条件——以前还很可以挑一挑，现在挂了号等安排做手术，七七八八治疗完，怎么也得耽误一年半载，女孩子最好的时光，就这么平白无故地错过了。况且裴知味态度十分诚恳，长得一表人才，工作也体面，往后再上哪儿找这样的女婿？即便找到了，能保证人家的父母就不挑剔伏苓么？难道她还真能像秦晚舟说的那样，让伏苓一辈子一个人孤零零的？

那未免也太凄惨了些。

还有一样让伏妈妈动心的，是裴知味明知伏苓这病，还肯不离不弃照顾前后，足见对伏苓是用了心的。这两天没裴知味的音讯，伏妈妈生恐是那天训过头了，越想越后悔，又拉不下脸承认，只好去提示伏爸爸："照我看，他那个妈是不怎么样，可儿子还是不错的。"

"嗯，不错。"伏爸爸苦着脸翻报纸，叹息着搭腔。

"那——这妈妈的错，也不好全算在儿子身上，你说对吧？"

伏爸爸放下手中报纸，无奈道："你到底想说什么呀？"

"我觉得，"伏妈妈刚开口，就见伏苓从房里出来，看她穿戴整齐，忙问："你要出门？"

"袁锋准备搬家，让我过去帮他看着，等搬完了再找家政公司过来打扫一下。"

伏妈妈隐约记得裴知味的远房表弟和伏苓是同事，那勉强能算伏苓和裴知味的半个介绍人。她正后悔前两天对裴知味话说重了，怕他心一灰打退堂鼓，又不好意思当面说软话。让伏苓去一趟，也算是"鼓励"一下裴知味和秦晚舟继续战斗，想到这里，伏妈妈便笑道："我看你同事也很关照你，帮帮忙是应该的。"

等伏苓出了门，伏妈妈才继续向伏爸爸说："我觉得，应该再给他一个机会，因为他妈妈第一次说话不好听就贸然做决定，太武断了。"

伏爸爸微张着嘴瞪着伏妈妈，心道这人怎么一天一个样，那天晚上回来，咬牙切齿说无论如何不能让女儿受这种恶婆婆的气的是你，今天怕错过这村就没这店的又是你！

偏伏妈妈还很民主，一定要听取他的意见："你觉得呢？"

伏爸爸捞起报纸，长叹一声："我听领导的。"

"你说他这两天怎么一个信都没有？"

"不是说他工作特别忙嘛。"

"哪里就忙成这样！"伏妈妈撇撇嘴，"少了他地球就不转啦？"

少了裴知味地球确实还会转，但眼下医院里却缺不了他，尤其原来把他当超人用，今年他却连连请假，科室其他医生压力陡增。他这里忙得鸡飞狗跳，那头秦晚舟又不乐意，被他晾了两天，便收拾行李说要回家。

裴知味只好抽空赶去酒店，秦晚舟脸色憔悴，裴知味看在眼里，心先软了三分。但想到这回她八成是要最后摊牌，心里又有些烦躁，兜里正好有一支写病历的笔，他翻来覆去地按下弹起——母亲是受过良好教育的老派人思想，断不至出言粗俗刻薄做泼妇骂街状，但越是如此，越难以应对。

"我想了好几天，"秦晚舟极艰难地说服自己平心静气，"你说的道理我都懂，事情如果发生在别人家里，我也能劝别的父母想开一点，但现在这种事落到我们家里，我接受不了。我生了你们两个儿子，你哥哥那样我就不说了，现在你又这样，怎么都这么不省心呢？"

秦晚舟说着说着已带上哭腔："我那天跟她妈妈说的话是真的，你要真喜欢这姑娘，她摊上这么一病，我养她一辈子都可以，我认她做女儿，当我亲生女儿一样养好不好？就当妈妈求你，你找个正常的女孩结婚，成么？"

裴知味脑子嗡的一响，圆珠笔的按头死死地顶住掌心，良久说不出话来。

"妈妈，我这三十多年来，有哪一件事，没顺着你和爸爸的心意吗？"

"那你现在为什么要这样？早知道你一叛逆就玩这么大，我宁愿你以前天天跟我对着吵！"

"读小学的时候，同学们去练跳舞、唱歌，从来没有我的份，你们说玩物丧志。爸爸带大哥学解剖，没人教我，我只能看老师们教别人的时候偷学。我从小到大，没有一个玩伴；初中时我喜欢班上一个女生——我没想早恋，只想跟她做朋友保持友好往来而已，你们不许，说她爸爸是个赌徒，连普通来往都不许；大学的时候我交第一个女朋友，结果有去德国交换的名额，爸爸二话不说把我报上去，我在院里几个月抬不起头来，同学都骂我负心汉。"

"那些都是旁枝末节，"秦晚舟正色道，"事实证明我和你爸爸的决定一直都是正确的，你从小的志愿不就是当一个好医生吗？我和你爸爸只是帮你斩掉这条路上的一些荆棘而已，你自己想想，这其中到底有哪一件事我们做错了！"

"我从小的志愿不是当医生，"裴知味轻声说，"我从小就跟着爸爸进医院，自己学解剖，找医院实习帮忙，不是因为我喜欢，是因为我以为这样做，你们会喜欢。"

秦晚舟怔怔望住他，脸孔慢慢涨红："你这是什么意思？你的意思是我们安排错了不成？你当医生有什么不好！你现在的身份、地位、名声——我们哪一样对不起你？"

裴知味转过脸，失望问："所以，哪怕只有一件事，是我想顺着自己的意思来，你也不能接受？"

秦晚舟声音锐利起来："你明知是错，难道要我们眼睁睁看你错下去吗？你扪心自问，我作为一个母亲，不希望自己的儿子和一个有家族病史的女孩子结婚，很苛刻吗？你要真和她结了婚，过几年你老了，你想要一个孩子延续你的生命，她却不能给你的时候，你后悔都来不及了！哪怕你现在恨我，我也不能眼睁睁看你错下去却不拉你一把，因为我是你妈妈，我花了几十年的工夫才养大了你！"

就像七年前父亲所做的决定一样吗？裴知味暗暗自嘲道，他苦笑良久，说："你们以前所有的决定都是对的，所以我就不能自己选择一回吗？我长这么大，从来没向你和爸爸求过什么，只这一次，当是我求你，你不要插手好不好？一辈子就这一次，你也要拒绝我吗？"

"我们要对你的将来负责！"

"你们为我负责，那我活着是为了什么呢？"

"你将来要为你的子女负责！而她连孩子都不能生！"

"你和爸爸生我，就是为了完成繁衍任务？"

"当然不是！"

"为了养老送终？"

秦晚舟彻底被激怒，站起来就给他一个耳光："你怎么变成这个样子？你以前从来不会顶嘴！你才认识她多久？她就把你教成这样！我们养你是为了完成任务？为了养老送终？说这句话之前，你最好想想你爸爸都为你付出了什么，如果不是你，你爸爸怎么会那么早——"

裴知味摸摸火辣面颊，知道无论是哀恳还是讲道理，都是走不通的了。他也知道接下来她要说什么，伸手止住她："我有非跟她结婚不可的理由，这个理由，就是要为我的过去负责。"

"什么？"

"你说七年前，我也说七年前。"裴知味默叹一声，目光怔怔望着雪白的墙壁，"我放错病历，爸爸上了手术台，切口，分离左半肝后，发现X光片错误。好在爸爸经验丰富，所以没有引发手术事故。"

"你还记得！虽然没有出事故，病人活下来——可是这件事要彻查，你的前途就算完了！你爸爸一辈子没做过亏心事，就为了你，昧着良心把事故隐瞒下来！你爸爸这么做为什么？他不是为了自己的名誉，他是怕你刚入行就留下污点！"

"当时的病人就是叶扬。"

"什么？"

"那个肝脏刺穿送来急救，本来手术成功可以活二三十年，结果手术延误，只活了两年八个月就去世的病人，叫叶扬。"裴知味冷冷补充，"他是伏苓的男朋友。"

门上忽然笃笃敲了几下，声音仓促急迫，进来的是伏苓，她脸色苍白，提着一个档案袋，气还没喘平："我在你房间里发现这个——为什么叶扬的病历，会在你这里？"

秦晚舟猛地上前拽住伏苓，她手腕有力，目光却倏地灰败下去，像一瞬间老了十岁。

裴知味忽地笑出来，不是震惊，不是伤心，不是愧疚，而是一种尘埃落定的如释重负。

裴知味记得七年前的那一天，手术完成后，等待父亲的裁决前，他走到医院的长廊尽头，窗外一树黄叶，像随风飞舞的黄蝶，翩然而坠，铺就一地金毯。

满满一街的深秋寒意，如同他当时寒彻骨髓的心情。

那时他望着窗外，想的竟不是手术失误的病人，也不是自己的前途，而是——树叶在空中狂舞，奋力飞翔，最后却逃不过坠落的结果。

伏苓夺门而出，裴知味跟着出来，路上车水马龙，车阵中走走停停。伏苓慌不择路，目光散乱不知投向何方。有一瞬间裴知味觉得她笑了，等他定睛看过去时，伏苓的目光却又极茫然，而刚才那转瞬即逝的小酒窝，好似只是他的幻觉。

第十四章 旧梦不须记

之后裴知味来找过伏苓几次，都被她父母挡驾，伏苓就在房里，听到外面妈妈跟他说："裴医生，事情到这个地步，我们两家也没有什么来往的必要了。要不要追究你，不是我们能做主的事，苓苓还没想好要不要告诉她干妈，叶扬父母年纪也大了，未必经得起这个打击。你现在找我们是没有用的，我们做不了这个主。"

"我来不是为这件事，有几句话我想跟伏苓说。"

"有什么话，你说给我们听，我们帮你转达也是一样的。"

"我，我能不能单独见见她？"

回答的是伏苓的爸爸："小裴，我看你还是回去吧，现在这个样子，大家见面，也都很难做。"

之后是长久的沉默，门吱的一声开了，裴知味抬起头，神色欣喜，还没来得及开口，已被伏苓抢先道："差点忘了，还有几样东西忘了还给你。"

在香港买的绿松石戒指，和他的工资卡，他不接，说："你拿着吧。"

伏苓冷笑一声："这算什么意思呢？"她把卡片和戒指塞到

他口袋里，头也不回又钻进房里了。伏妈妈便打开门，朝裴知味笑笑："你要见苓苓，现在也见到了，这可不是我们不让她见你。"

裴知味攥着那枚戒指，问："文阿姨，我是说叶扬的父母，他们现在过得怎么样？"

他觉得这样问很不妥，但实在不知怎样问能算"妥当"，七年前的事故——如果定性为事故而不是掩盖过去的话，医院至少会对叶扬父母有赔偿。因为他的疏忽，父亲的掩饰，叶扬的父母连最后一点金钱上的补偿也失去了。他想起伏苓说叶扬几年病下来，耗尽叶家积蓄，到最后几个月，痛到极处时也不肯打止痛针——他觉得自己反正也是快死的人，何必让父母以后的日子更加难过？

在认识伏苓以前，叶扬这个名字，对裴知味来说，只是生命中的一个符号，一个他永难抹除的污点象征，一把悬挂于头上提醒自己不能犯错的利剑。

而当叶扬的形象越来越清晰时，他心里埋藏多年的负罪种子终于破土而出，疯狂生长。

"还能怎么样呢？我们没把事情捅出去，不是想放过你，是怕他父母受不起这个打击。"伏妈妈冷冷道，"真看不出来，好好一个人，杀人不见血。"

"如果，方便的话，"裴知味斟酌措辞，"不知道有什么方法，能帮忙照顾一下叶扬父母的生活。"

伏妈妈冷笑一声："现在想着要花钱了？早干什么去了，钱能换回一条命吗？"

三个人在门口僵持着，卧室的门忽然又开了，伏苓露出一张没有表情的脸："妈，你别跟他说了。"

裴知味被赶走后，一连几天再没出现，文阿姨中途过来问，婚事筹备得怎么样，伏家二老不敢告诉她真相，只好用跟秦晚舟谈不拢暂时缓一缓的借口推搪过去。

裘安怀孕快要生产，因为赵启明要出差，嚷着要伏苓过去陪她。伏苓这边三个人要挤在一居室里，也实在不好住，便收拾了几件衣服去赵家住。伏苓的父母原来在学校见过裘安几回，听说裘安怀孕，一起去探望后，也答应让伏苓先在裘安那里住着，权当散心。

裘安隐约听说伏苓和裴知味两家父母见面闹得不愉快，一直没找着机会问个究竟，见伏苓神色不好，也不好开口。伏妈妈和裘安聊起产前产后的注意事项，最后聊到伏苓的事，伏妈妈因见裘安和伏苓还有叶扬当年都是同学，便把裴知味多年前失误致使叶扬的手术事故的事，一五一十地说了，说到最后眼泪直掉："真是冤孽，苓苓的命，怎么就这么苦！"

伏妈妈在秦晚舟面前较着劲儿，什么话都说得硬气，等到了裘安这里，却是一肚子心酸都涌了出来。伏苓本在厨房里给裘安炖汤，等料都下了锅回到房里，才见母亲已哭得不成人形，她半是不好意思，更多的却是不愿意再提此事，拉起母亲怪责道："妈，裘安还怀着呢，孕妇最要注意心情的。"

这么一说伏妈妈才慢慢停住哭，等送走伏妈妈，就轮到裘安一把鼻涕一把泪，伏苓忍不住道："我还没哭呢，你哭什么。"

"我就想哭。"裘安一把一把地抓着纸巾，"你现在可怎么办呀？你是不是都被打击傻了，怎么连话都不会说了？"

"我不知道该说什么好了，"伏苓笑得惨淡，"你明天能不能陪我出去一趟？"说完她又摇头，"算了，让赵启明知道我带你去扫墓，还不得骂死我。"

"你想去看叶扬？"

伏苓点点头。

叶扬葬在城东一座叫憩园的公墓里，出租车一路往东，抵达终点前是长长的松柏道，在花木已纷纷开始凋谢的初秋，仍坚韧挺拔地树立在长路两侧。裘安陪她到公墓门口，因为怀着孕颇多忌讳，伏苓让她等在外面。

公墓里一排一排的黑白格子，整整齐齐的看过去并无不同，格子里标着编号、姓名、存放人，还有一张黑白照片——每张照片背后都有各自的故事，然而现在公墓里除了飒飒的秋风，宁静深远的沉默，再无其他。

现在并不是扫墓的季节，公墓里人并不多，与叶扬隔着数位的格子前，有一群青年男女嘻嘻哈哈地献花，伏苓很讶异扫墓的人能有如此宽松的心情。她告诉过自己不要哭，然而那些人的笑脸仍让她惊讶，他们你一言我一语地说些什么，葬在这里的朋友，不知道是叫阿燕还是叫阿雁……伏苓静静地站在叶扬墓前，耳边传来那群人的笑语：

"燕姐，我们又来看你了，我今年结婚了，明年带儿子来看你！"

"燕姐你别听他吹，我比较靠谱，我老婆下个月就生。"

"我儿子三岁。"

"屁，你那抱回来的也好意思说是自己儿子！"

"胖子在美国挺好的，燕姐你放心吧。"

……

伏苓不知怎地就哭出来，她不知道为什么，明明昨天还告诫自己，不要让叶扬看到她哭，不要让他知道她伤心，不要让他知道她过得不好……

更不要让他知道，原来是裴知味的失误，让他们现在阴阳两隔。

仿佛有万语千言，却不知从何说起。

文阿姨为叶扬挑的是一张他还未病重时的照片，炯炯双目，阳光笑容，脸上却已显瘦削——他手术前饭量是很大的，他们一同在食堂吃炒饭，她吃一半便饱了，他吃完自己的那份，再把她的盘子拖过去接着吃……他带着被子去排队帮她买回家的火车票，陪她去上他一听就要打瞌睡的西方美术史选修课，后来还托赵启明帮忙照顾她……

其实最后病中那两三年他们也是吵架的，然而现在回想起来，她只记得他的好。

他人已经不在，可对她的好，却从未消失。

连她现在查出这些病来，还有人对她不离不弃，都是承叶扬的恩惠。

伏苓想起那天夜里——和秦晚舟第一次见面不欢而散的那天晚上，他们相拥而眠的宁静夜里，裴知味在她耳边肩上烙下轻吻的时候，她也问过他："你怎么和你妈妈说的？"裴知味笑答说："我说我不要孩子。"她当时呆住，愣很久后问："为什么？"他说："你想听真话还是听假话？"不等她回答他又说："可能我真是爱你爱到没有你就活不下去了，只能牺牲一下了。"她心跳都险些窒住，他却又低笑出声，"我从小住的家属楼，挨着学校的附属医院，恰好是妇产科的那一边，没日没夜的嘶喊尖叫，叫得我都有心理障碍了。我一想到要让我的女人也来这么一回，"他重重地叹了口气，"都能把我给吓傻了。"

即便是后面那个理由，也曾让她感动——她从未听说有男人怕妻子痛而不愿要孩子的。

即便那种怜惜并不专针对她一个人，也足以让她体会到，原来这个男人，心底如此温柔。

现在想来，他的心又的确是温柔的，他一时的失误，造成终身的悔恨，所以肯几次三番这样哄她让她，放弃优秀且和他有共同话题的邵明明，将一切温柔转赠与她，赔上自己的一生来弥补那个错误——在一起的日子里，裴知味待她的确是温柔的，温柔到她几乎要以为他是爱她的了。

伏苓不知道自己哭了多久，又或者是太过伤心，那程度无法用时间来计量。有人在她肩上拍拍，她猛地一惊，原来是来时她看到的那群年轻人，有人说："姑娘节哀吧。"

另一个人把他们已摆下的花束都抽出一半来，凑成一大捧花递给她："多几个人拜拜，热闹一点。"还有女孩子递纸巾过来，伏苓擦着眼泪说"谢谢"，把那捧花放到墓前，她自己也买了花，蓝色的勿忘我，Forget me not。忽有人低下身，把那束勿忘我又捡起来递给她，是一个身材高大的男人："有句话很老套，逝者已矣，生者坚强。我们每次来扫墓，不仅是纪念死者，更为了激励生者。葬在这里的是我们的朋友，告诉我们要珍惜生命，更告诉我们要埋葬过去——即便这段回忆对我们来说刻骨铭心。你来拜的这个人，如果知道记住他会让你这么伤心，我想他也许会希望你忘记他。"

陌生人的好意，让伏苓不知回应，只能一再道谢，她捧着勿忘我出来，路上和他们闲聊，他们很主动地说："我们来拜朋友。"

"我的是……男朋友，"伏苓轻声道，"你们的朋友，也很年轻吗？"

"不到三十，这还是很努力坚持的结果。"

"一定是很好的女孩子吧，你们这么多人来看她。"

"啊，对，她和她男朋友都很照顾我们。"

"她男朋友，"伏苓好奇问，"没有来吗？"

"没有，他在国外。"

"他——不来看她吗？"

"她病了很多年，"刚才劝她的那位高大男人轻声道，"我们都不知道，只有她男朋友知道她的情况。她走之后，她男朋友接受了很久的心理治疗，因为那个女孩希望他好好地活下去。所以……你看，好好生活，也是安慰逝者的一种方式。"

伏苓自嘲笑道："可能我还需要好好学习。"

他们在公墓门口告别，走出几步后伏苓还听到那群人打打闹闹："阿时，我一直怀疑你暗恋过燕姐。"

"没有。"

"承认吧，我们不会跟你老婆告状的。"

"真的，你最喜欢管闲事了，就是对胖子最刻薄，你肯定是羡慕嫉妒恨……"

伏苓这回笑出声来，她有点羡慕他们这样冷静的面对，然而她转念又想，他们能沉着以待，也不过是因为，他们仅仅是朋友。

比如那个女孩的男朋友，不就远走异国了么？

裘安挺着肚子上前来："我就知道不该让你来，看你脸上都哭花了。"

伏苓想想后笑说："好了，我保证这是最后一次。"

"真的？"裘安狐疑道，"你——什么打算？"

伏苓淡淡一笑："也许我应该换个环境吧。"

"你说什么？换个环境？"裘安惊讶地说道，"你想到哪儿去？你现在还……"她嘴里叽叽喳喳地说个不停，劝她好好养病劝她先养好身体劝她先冷静冷静。最后伏苓握住她手道："你放心，我会照顾好自己的。"

话是说出口了，可伏苓心里还是茫然的，她当然知道要好好照顾自己，就像小时候知道上课该认真听讲，考试时要好好检查，要早睡早起锻炼身体，要节哀顺变，要生者坚强，要笑对人生，冲动是魔鬼……所有这些道理她都知道。

她只是，控制不了自己。

打开手机，袁锋转了一条微博，满大街乱串的那种名人轶事：诺贝尔物理奖获得者费曼，13岁时与艾琳相识，19岁订婚，订婚后艾琳被查出患肺结核。朋友劝他慎重，费曼却回答说："我与她结婚，不是出于责任，而是我真的爱她。"

转发理由里袁锋写了简单两个字"加油！"伏苓知道这是写给她看的，袁锋不想公开她的病情，所以没有专门@给她，但她心里清楚袁锋是转给她看的。袁锋搬去公司宿舍，应该还不知道最近的变故，他本意大概是想暗暗歌颂一下他表哥的爱情，然而现在这时候给伏苓看到，却不啻是另一种讽刺。

因为裴知味对她，从来就不是爱情。

起初是身体的吸引，后来是无法推卸的责任。

在裘安的楼下被裴知味截住，大概来得很匆忙，身上的白大褂都还没换。

伏苓冷冷盯着他，她很少见他穿着白大褂的模样，只几次去医院的时候看他穿，她还曾夸他说"很有台型"。还有一次，是从香港回来后，在她家里，他说答应老师的讲义拖太久不好意思，带笔记本电脑到她这里来用功——特地换上一身白大褂，端坐在书桌前。

如潮往事，汹涌袭来。

裘安不等伏苓开口，自恃是孕妇，挡在伏苓面前，恶声恶气问："你还来干什么？"

裴知味皱着眉："我想单独跟她谈谈。"

裘安回头看看伏苓，伏苓摇摇头，裘安便昂首挺腹问："你还有什么好谈的？"

"你们要讨伐我能不能换个时间？"裴知味眉心紧锁，神色颇有不耐，"我人就在这里，你们什么时候想打想骂想追究都可以！现在我要谈的是伏苓的治疗问题，你是她的朋友，能不能关心一下她的病情，不要陪着她任性胡闹？"

"任性胡闹——"裘安心头火起，正准备痛骂裴知味几句，然而她素来是个软脾气，气了不到三秒钟就意识到问题严重，忙问，"伏苓的情况变严重了？"

裴知味偏过头，看向躲在裘安身后的伏苓："邰医生说你的药物治疗已经结束，但你迟迟没有去复诊，怎么回事？"

伏苓埋头不言，拉着裘安要她上楼，裘安这时候倒有主意，按着她说:"裴医生说得对,你得好好配合治疗,"见伏苓一脸不平,忙挣开手道,"你跟裴医生好好说,我是孕妇,站不得,先上去了。"

说完她把伏苓往裴知味面前一推,转身雄赳赳气昂昂进电梯去,一点看不出站不得的样子。

伏苓被裘安猛一推,险些撞进裴知味怀里,她稳住身子,胳膊却被裴知味攥住,她使力却怎么也挣不开。他十指修长有力,伏苓想起他曾说:"上手术台的医生手劲都得大",这回她可有了切身体会。她愤愤地说:"你放开。"他也纹丝不动,她说:"你再不放我喊人了。"他左右望望,然后略显得意地看向她——上班时间,小区里并没有什么人。

"你放开,要说什么你说就是了。"

这回他终于放下手,一副质问口吻:"为什么不去复诊?"

"这是我的事。"

"谢主任那边你该做的检查也没去。"

"我不要你们这群杀人凶手和帮凶来替我治疗!"

"杀人凶手?"裴知味咬着牙,良久后冷笑道,"那你这算什么,玩悲情?把自己折腾得人不人鬼不鬼,怎么,你这样子,就觉得自己很对得起叶扬?"

伏苓尖声道:"你不配提他的名字!"

"我是不配,你现在这副样子,就很配吗?"

他一提叶扬,伏苓顿时变成竖起浑身尖刺的刺猬:"那也用不着你管!"

"现在想做贞洁烈女了?"裴知味冷冷道,"那也来不及了,你现在多后悔多愧疚多愤怒也没有用,你跟谁赌气,到头来除了把自己弄得不死不活,还能有什么用?不吃药不检查不治疗,让你父母白发人送黑发人,你以为你这样,到了九泉之下就很有脸去见叶扬?"

"你住口!"

伏苓一耳光掴在他脸上。

"你凭什么来跟我说这种话，"她歇斯底里道，"你才是那个杀人凶手！你有什么脸来跟我说这些话！"

"凭我现在还是个医生，你怎么看我，是你的事，但你还是我经手的病人。"

"哈，怎么，你现在这是愧疚吗？"伏苓怒极反笑，"以为帮我做了手术，把我治好，就可以减轻你的愧疚吗？我告诉你，不可能！我永远不要你们这群沾着叶扬的血的人来救我！"

"谢主任从头到尾都没有参与当年的手术！"

"可是他也帮你隐瞒！"伏苓恶狠狠道，"包庇凶手的那个人，叫从犯！他恰好不在学校从医而已，给他机会，他会做和你爸爸一样的事情！"

"我犯的错，你不要牵连他人！谢主任从头到尾和这件事没有关系，你不要侮辱他！"

"侮辱？对，你们是医生，无瑕的白衣天使，你们有尊严，你们还有崇高的职业道德！可那是活生生的一条人命！你们的尊严比别人的一条命还重要吗？你知道他手术后那几年有多么痛苦吗？你们现在做什么，能把他那一条命给我换回来？"

裴知味紧抿双唇，双手紧握成拳，额上青筋隐隐跳动，良久后他克制道："如果你对谢主任不满，对我不满，可以换到别的医院。这一科我熟，我可以帮你介绍经验老到的医生，你再转院过去，也是一样的。"

伏苓定定望住他，他目如死灰，又像有些很强烈的情绪，隐隐地跃动不止。伏苓注视着他，许久后忽笑道："你的职业道德感怎么突然变得这么强烈？你不是已经害死过一个人了吗？真的这么愧疚？愧疚到现在不把我治好就寝食难安？"

"这是你的身体，你应该最在意才对。"

"你告诉我，你真的一直都很愧疚吗？"

裴知味的目光忽然游离开去，像是不敢看她，久久后他终于承认："是。"

　　"好，"伏苓忽笑出声来，"那我告诉你，你猜对了，我是不准备治了。我不会再去你们医院，也不会去做什么自体移植手术，你别想治好我来减轻你的负罪感！我不想打你也不想骂你，打你痛一阵，骂你痛一时，又有什么意思呢？你妈妈还打电话给我们，要我们不要声张，她一定是太心急，都忘记唯一的证据在你手里了！我一个弱女子，没有办法对付你——我只有我自己，我控制不了自己的生，可是我可以控制自己的死。"

　　裴知味震惊地望着她，只听她一字一句地道："我要你看着我的生命，一天一天枯萎，直至死亡——你再也没有机会，对你犯过的错，作出任何补偿！"

第十五章 舍不得,一程一程的纠葛

第二天裴知味仍没有接到邰明明任何关于伏苓的消息,他在接待室左右拨弄着手机,没有新短信,微博上也没有任何留言。他翻来覆去地按刷新键,等要来给他做访谈的一位杂志主编——之前"不惜一切代价挽救生命"的患者亲属投桃报李,介绍了在上海颇有知名度的杂志的主编,要给他做一期明星医生的访谈。他推拒了很久,最后不知怎么被院长知道了,他便像被赶上架的鸭子,想下也下不来了。

袁锋很久没有转发"花雕茯苓猪"的微博,最近都在和朋友们探讨技术发展走向,裴知味不得已要往前翻很久找伏苓的名字,翻了几页,忽看到袁锋转发的那条写费曼的微博。

裴知味自嘲笑笑,他想袁锋肯定不知道这故事的结局。艾琳在和费曼婚后不久便离世了,费曼并没有显得很伤心,而是相当冷静地说:"人都会死,只是时间早晚的问题。但是跟艾琳在一起的时候,我真的很快乐,这就够了。在艾琳过世之后,我的余生不必那么好,因为我已尝过那种滋味了。"

费曼后来再婚,还有过很多绯闻,看起来很潇洒。然而人们在他的遗物里发现一封信，一封写给艾琳的信，费曼在信里向她倾诉没有她的日子，他过得多么空虚，他多么地，爱她。信的最后一句话令人心碎："请原谅我没有发出这封信——只因为我不知道你的新地址。"

裴知味忽觉得心灰意冷，不想再翻下去寻找"花雕茯苓猪"的踪迹。他盯着袁锋转发的那条微博，冷冷地想，没准以后在伏苓的遗物里，也会发现这么一封写给叶扬而永未发出的信呢！

门上轻叩两声，一位身材高大的男人快步走进来："裴医生你好，敝姓时，"他抬手腕看看时间，"差点以为我迟到了。"

裴知味笑笑，和时主编打招呼，简短介绍后裴知味忽问："我冒昧问一句，你们杂志的发行量大概有多少？"

时主编微愣后笑道："外交辞令上我都回答说商业秘密，不过对你们这种精益求精的专业人士，就不跟你说虚的宣传数字了。我们杂志只有四五年的历史，发行量有十万级。"他略顿一顿后又笑，"不过我们的热点文章，在网上的传播率是很高的。我们这一行比较老牌的周刊，二十多年历史，发行量也不过二十万出头……"

"不，"裴知味伸手止住他，"你误会我的意思了，我不是嫌少，我是觉得……太高了。"

"太高了？"

裴知味歉然笑笑："我也知道颜先生介绍的人不会是泛泛之辈。"

时主编略显失望，他从随身包里掏出一摞资料："我不否认我和颜先生是好朋友，他非常感谢裴医生对他伯父的救治，但我们杂志采编自由，更别说颜先生只是我一个朋友。来之前我查过资料，阅读过这些资料后……我想不应该说是颜先生委托我们来给裴医生做做宣传，而是我非常感谢颜先生，给我物色了一个如此具有采访价值的人选。我可以请问一下，为什么裴医生对采访有这么强的抵触情绪呢？"

"最近有好几起医患纠纷闹得沸沸扬扬，"裴知味抿抿唇，斟酌道，"这其中都不乏媒体的推波助澜，更有不少完全就是胡编乱造，我不否认这一行业现在出现了一些不好的现象，但是据我所见，有少数媒体完全违背了自己应该追求真相的原则，而是一味制造纠纷、推进矛盾。"见时主编良久未出声，裴知味忽住口道，"对不起，我不该在您面前说这些。"

时主编哈哈大笑起来："看来我们都很明白，彼此的行业里有害群之马，损害了整个行业的名声。"

裴知味不情不愿地点点头。

时主编想想后笑："既然裴医生觉得有些媒体起了一些负面、推波助澜的作用，那何不利用现在的机会，谈一谈现在大家比较关心的医患纠纷方面的问题？事实上这些问题只要有人肯做，还是会有一些不错的效果的。比如我们杂志前一段开了一个与日常生活有关的科普专栏，反响很不错。如果裴医生有兴趣，我们将来可以展开这方面的合作也未可知。"

裴知味将信将疑，但看这位主编查证的资料，足见是很认真地做过功课来的。他预先准备过一些关于裴知味个人的问题，家学渊源、求学的历程、心脏外科目前现状，其中夹杂一些和医院相关的社会热点问题。碰到有自身存疑的术语名词，时主编都会一一写下向他求证，十分之严谨认真。

访谈临近结束时，时主编忽问："裴医生，刚才我们谈到比较多的都是正面问题，我也相信你作为医生，看到任何一个患者得治，都会有一种发自内心的骄傲和对自身职业的自豪感。那么，你从医这么多年，会不会有对你自己的职业，感到很无奈、失望甚至怀疑自身的时候呢？"

裴知味一时怔住——无奈、失望，甚至怀疑自身？

有的，有的。

裴知味想，从他踏进这行业的第一天，自豪与失望、骄傲与无奈，就如同光影交织一般，无时无刻不伴随着他前行的历程。有光之处必有影，明多之处暗亦有。

裴知味忽抬起头，目光锐利盯住时主编，问："我说什么，你都敢写吗？"

时主编笑笑，近似耍赖地说："那得看你说什么了。"

"我有过失望和无奈，却并未对这个职业产生过怀疑，但伴随我最久的是负疚。"裴知味定定望向前方，脸上忽现出一种将赴刑场的决然，"我曾经因为一个失误，而让一位患者的生命，提前了十几年或者几十年结束。"

时主编不敢相信自己听到的话："裴医生你能说得具体一些吗？"

裴知味点点头，把叶扬手术那天的情况，原原本本地复述给时主编听。他没有渲染，也不替自己掩饰，只是照实把发生过的事，一件一件娓娓道来。那天恰巧发生一起大型交通事故，急诊室人手不足，他临时帮忙放错X光片……执行手术的是他父亲，切除手术做到一半，凭经验发觉事有蹊跷，在最短时间内换回正确的X光片，然而手术时间还是延误了。照常规情况那患者也许可以再活二三十年，结果不到三年他便肝衰而亡。

父亲提前退休，再没上过手术台。他自问一世清清白白，谁知晚节不保，手术失误在所难免，他也并不在乎自己那一点名誉受损，而他昧着良心抹掉相关记录，无非是因为——唯一有希望继承他衣钵的儿子刚刚入行，小小差池，足以毁掉裴知味所有前途。

裴知味自然也在那家医院再待不下去，他悄无声息地离开，只带走了叶扬那份病历。父亲安排他转了医院，把他托付给自己最信赖的朋友。

时主编听得极认真，最后他狐疑问道："裴医生，你真的希望我把这一段照实刊登吗？我无所谓——反正我跟老颜不是很熟。但是你，我想你应该比我更清楚，名誉对于一个医生来说，有多么重要吧？"

裴知味点点头："我知道。"

也许他是一时冲动才决定公开这件事，但他已做好心理准备，承受可能随之而来的狂风骤雨。

事情最先在同行圈里流传开来，周刊一上市，就有朋友同学长辈们打电话来，秦晚舟也几乎第一时间得到消息。在医院还没决定如何处理他之前，秦晚舟已冲到办公室，顾不得先关门，已把杂志扔到他脸上："看看你干的好事！"

裴知味站起身，将门轻轻阖上，他知道说什么都无法平息母亲的怒火，仍轻声说："妈，对不起。"

"你跟我说对不起？你最对不起的是你爸爸！"秦晚舟气得浑身发抖，"我不知道你今年是撞了什么邪，突然做这么多让我们不懂的事！你说要自己决定，好，你自毁前途，我拦不住你，可是你为什么让你爸爸死后还不得安生！你知道外面现在都说你爸爸什么？人家说他假清高，说他一辈子总端着，没想到背地里也做这种事！你爸爸到底做错了什么？是你做错了事，你爸爸帮你补救回来，结果呢？这事要真是你爸爸自己做错，他一定会站出来承认的。他为什么要掩饰，为什么要销毁证据？那都是为了你！因为你是他的儿子，他不想你在这一行，还没成名，先背着污点！你自己说，你对得起你爸爸吗？"

裴知味坐回办公桌后，开始清理桌面，他的冷静令秦晚舟更为愤怒："是不是伏苓？她逼你公开的？"

"这跟她没关系。"

"怎么没关系！你就是认识了她，才突然变了个人！你以前会干出这种事吗？你不小了，三十多岁，该懂事了，你爸爸费多少气力才把你栽培出来，你就这样——"秦晚舟急得想哭，伸手抹一把眼眶，"一个女人，就把你弄成这样，你让我以后跟你爸怎么说！你别跟我说什么你是要补偿她，这都是借口，你是我生的，你想什么我还不知道？你就是猪油蒙了心，为一个女人，连爹妈都不认了！"

"我说了这跟她没关系，"裴知味声音稍稍抬高，"我做错的事，要自己承担。"

"那你爸爸呢？他人都死了，现在却要承受这种骂名！你现在倒好，你把事情抖出来，你轻松了，你解脱了，可你爸爸呢？"

"你知道爸爸为什么帮我善后吗？"

"因为你是他儿子！"

"因为我是唯一能继承他事业的儿子。"

秦晚舟眼眉一挑："你什么意思？"

"爸爸跟我说，他准备销毁叶扬在医院的记录，当时我，我害怕，也很感动。"

裴知味抿抿唇，他眼里目光的那种疏离感，忽然叫秦晚舟害怕起来。

"二十几年，你们眼里只有大哥，他可以听流行歌曲，学街舞，谈恋爱，甚至去学厨师，即使这些事情你们都反对，你们依然喜欢他。"

"你这是什么意思？你想说我和你爸爸偏心？人和人是不一样的，你大哥本来就是那个性格！"

"是，他就是那个性格。他已经开始主刀，突然说不想做医生，你们无计可施，怎么都劝不回头。他离家出走，这么多年，再也没有回来看你们一眼，你们还惦记着他。"

"他和你一样，都是我和你爸爸的儿子！如果你这样，我们也会为你担心！"

"是啊，我也一直这么以为。所以爸爸肯放弃原则，帮我掩盖事故，我甚至有一点点高兴，觉得大哥不在，你们终于开始重视我。"裴知味自嘲笑笑，"爸爸把叶扬在医院的所有记录搬到办公室，准备放碎纸机销毁，我偷偷把它们留下来。因为我的失误，让他的身体承受风险，而我却收获了父亲的爱——我是因为这种对比反差，觉得愧对他，所以才留下病历。"

秦晚舟眼神变得极失望："你竟然会这样想？"

"对不起，我没有从爸爸那里遗传到高尚的医德情操。我转院到这里，决定更加刻苦发奋，不辜负爸爸对我的期望。那段时间，我真的又感动，又开心，直到爸爸临终前。"

秦晚舟没吭声，锋利目光紧盯着他，像是第一次认识自己的儿子。

"爸爸临走前最后一个晚上，我守夜，他在昏迷中看到我，以为是大哥回来。"尽管努力保持平静，裴知味说到这里时，仍难以克制声音里的颤抖，"他问大哥为什么不回来，问他为什么不肯做医生，问他为什么——他说，'老二真是个扶不起的阿斗，要是你在，怎么会出这种差错？'他还说，那个病人活不长，他一辈子没做过这么昧良心的事，他说，'如果有你在，我何必帮老二善后？'"

秦晚舟霎时面无血色。

伏苓得知裴知味被医院"放长假"的消息已是半个月后，这期间，许多媒体蜂拥而上，报纸、电视台都争先恐后挖当年手术老料。没几天后文阿姨过来找伏苓，见了面，嘘寒问暖许久才问："电视上放的，裴医生做错的手术，是小扬的吗？"

因为时过境迁，当年资料早已被裴知味的父亲抽换，媒体找不到当事人，只能连篇累牍地挖医院的负面消息。但文阿姨一看描述，隐约猜出几分，再一看裴知味和伏苓的婚事忽然不了了之，更加笃定。伏苓点点头："手术不是他做的，不过，是他放错X光片。"

文阿姨脸色灰白，愣愣看着她好久，又摸摸她的脸，一句话未说，眼泪已先滑下来。

伏苓轻声道："对不起，我当时不知道——"

文阿姨摇摇头，使劲揉着她腮帮子："不怪你。"伏爸伏妈均有些尴尬，文阿姨倒只一个劲问伏苓的身体，要她好好休息，不要胡思乱想。伏妈妈看出来文阿姨其实难过得很，只是怕伏苓难过，不敢当面说裴知味的不是。

伏苓被父母"绑"进医院复查，她不知道裴知味是怎么游说她父母的，看起来他并没有把她那天一番话原样转述——她知道那些话会伤父母的心。他们也没有提到裴知味一个字，只说是医院一位姓邰的医生根据住址找到他们。伏苓心下了然，就诊的时候哪里要填什么地址？即便看病历，也是原来公司的地址，邰明明不过受裴知味所托，随便编个理由来找她罢了。

裘安也挺着大肚子押她去医院，检验治疗效果，复查时有轻微酸痛，邰明明安慰她："你的情况不算严重，保持良好心情会有帮助。"

伏苓笑得很勉强，邰明明又笑："不过最关键还是要配合治疗。"伏苓沉默半晌，忽冒出一句："邰医生你真能干。"

邰明明不明白这话什么意思，愣愣后只笑笑，伏苓这句话原也没什么意思，不过是顺口感慨，说出口又更觉慨然，好像愧对邰明明。术后邰明明像生怕她一去不回似的，一再叮嘱她什么时候来拿结果，之后还要服用其他什么药物，如此等等，一直到她保证自己会来，邰明明这才松了口气。

伏苓心中愈加酸楚，看来邰明明是确实无疑受裴知味所托了——也许那天她的话说得太狠，裴知味不敢亲自出面，怕触怒她反而弄巧成拙。其实即便她有心放弃，还有父母在，又怎么可能放弃得了？然而在裴知味面前，面对他努力掩饰的补偿、同情、怜悯，那些话便不经大脑脱口而出。她自己也想不出为什么，她有这样强烈的冲动，想要刺伤他、激怒他。

她心中百般思量盘旋环绕，忽听到不远处裘安的叫声，一阵骚动过后有人进来通报："邰医生，外面一位孕妇可能是即将生产了，她在你这里登记过，选的是自然分娩。我们已经派人把她推往产房了，请你尽快过来。"

"你们先把手续办一下，跟她讲清楚生产流程，"邰明明转头朝伏苓笑笑，"好像是你朋友要生产，我不陪你聊了，有什么需要找护士，感觉好一些再出去。"

伏苓连忙拨裘安的手机，接电话的是护士，看来果然是裘安要生。那边护士答说裘安准备很齐全，最近出门各种证件病历储蓄卡都是备齐的，现正在联系家属。伏苓这才放下心来，休息一阵后去卫生间，忽听两个护士在聊天：

"心外的裴主任，现在到底怎么样了？"

"还什么裴主任呀，他这个主任算是泡汤了，别说主任，现在国内有哪家医院敢要他都不一定。"

"不是听说院长很重视他，他要辞职，院长都不肯？"

"媒体也真过分，我看最早的访谈里，裴主任根本没有参与手术。可是有少数报道故意模糊重点，让观众以为是裴主任仗着有他爸爸撑腰，一毕业就敢上手术台，然后疏忽大意把病人开刀给治死了——这都哪儿跟哪儿啊？"

"裴主任也真是的，他这一年怎么跟撞邪一样？原来跟邰主任好好的，一声不吭，就说要跟别人结婚；最近这事又是，一点动静都没有，突然就干出这么自毁前程的事——他到底是怎么了？也幸亏邰主任没和他在一起，不然现在这样，还真不知道怎么办呢！"

"邰主任也是太重感情，医院内部会议上，邰主任直接跟院长摊牌，工作证都拍出来了，说医院要是敢在这件事上只顾着撇清自己，想把裴主任推出去，她就不在这儿干了！"

"真的假的？"

"患难见真情，我看裴主任这回该明白谁才是真心对他！他要结婚的那个女人呢？怎么不声不响地就消失了？真是，切！"

"咦，你突然变成郜主任的粉丝了？我看当时她跟裴主任在一块的时候，你不还挺眼红的吗？"

"眼红一下而已，谁还真能干什么？裴主任那种人，我们也就只能远远看着，你没听说他手下每年进来的实习生，哪个不被他骂得死去活来的？稍微一个不仔细，就要拉到办公室单独训话……诶，你说他是不是因为原来出过那事，有心理阴影，所以才对自己和学生都那么苛刻？"

"那我哪儿知道……"

第十六章 深知心在情常在

伏苓不知道自己在卫生间里蹲了多久，后来好似是清洁阿姨敲门，问到底有没有人，伏苓这才猛醒过来，扶着墙出来，医院里白的墙，白的天花板，白衣服的护士医生……满眼望过去，全是触目惊心的白。她随手拦住过路的护士："请问一下，胸心外科的裴医生……"

"你什么人？"那护士目光顿时警觉起来。

"我是，看病的。"

中年护士显然不信，声色俱厉道："病人——病人你会没有裴医生的电话吗？就算他有什么事，心外那边也会安排人交接，你问你现在的主治医生就可以了！"

伏苓被她吓住，低声解释："我就是问问。"

"你挂的号呢？你是来检查吗？"

"不是，我朋友生孩子。"

"那你问心外干吗？"

"我……以前在裴医生那里看过病，刚听人说起他，所以问问。"

中年护士神色这才缓和下来，给她指了一条路："产房那边。"

伏苓赶到产房外的家属探视区时，赵启明也已在里等候，他紧张得跟什么似的，看到伏苓过来，也只点点头，老半天才想起来裘安今天是陪她过来复查，问她结果如何。

从视频里看，裘安的情况还不错，医生说顺产没问题，但阵势看着也挺吓人。赵启明掏出手机打开记事本给她看："我们想了好几个名字，第一排是男孩，第二排是女孩，这下面的偏中性，男女皆宜，但是实在挑花眼了，你给帮忙看看吧？"

因为孩子还没出来，不知男女，伏苓只好一排挑出一个。赵启明因为即将晋升新爹，心情十分兴奋，很想跟伏苓分享一下，但想到伏苓的病情，只好忍着："到时候，认你当干妈吧？"

伏苓点点头，她虽对赵启明腹诽甚多，但住在赵家这些天，赵启明尚算尽责。裘安的饮食起居，赵启明都很在意，他也关心裘安的情绪——只是关心，但不保证一切让裘安顺心。对裘安的父母，赵启明逢年过节也是礼数周全；自家父母这边，更是帮裘安做足门面。就连这回生孩子，裘安检查一切顺遂，赵启明仍坚持给她登记特需病房，但凡花钱能搞定的事，赵启明没有不尽心尽力的。

裘安结婚前，伏苓曾问裘安："你这样迁就他，让他得寸进尺，你到底图什么呢？"

现在，伏苓想，自己又图些什么呢？

她不是沉湎于和叶扬的感情无法自拔，也不是不想走出阴影寻找一段新的感情，只是，那个人怎么可以是裴知味？

裘安所图不过是一个安稳的小家，而她呢？

那时接受裴知味，不问过往，不期未来，又为的是什么？

伏苓无法回答，更不敢回答。

抬头再看赵启明，他紧握双拳，正通过视频电话给裘安加油，滑稽模样竟让伏苓忍不住笑出来。病房门上忽轻叩两下，赵启明以为出什么事，忙不迭开门，进来的却是谢主任，问伏苓："听说你今天来检查，我过来看看。"

谢主任和裴知味的父亲同龄，六十出头，原本身形就偏瘦削，上了年纪后更变得如同枯枝一般，但双目炯炯，精神矍铄，最有力的是一双手——十指修长，骨节嶙峋。这双手让伏苓想起裴知味，他曾说过外科医生一身的力气都在一双手上。谢主任和赵启明握手时，伏苓心里想的却是，等裴知味老了，也会有一双这样的手。

伏苓简述复查结果，谢主任见她已无大碍，便说要把手术的时间定下来。正商量时，赵启明的父母也赶来医院，观察室里顿显拥挤，谢主任问："你现在方不方便去我办公室，我们把要注意的问题都先捋一下。"

伏苓也存着自己的心思，便跟着谢主任去胸心外科，她一路都在揣测谢主任是否知道这其中层层牵连，还没想好怎么开口，谢主任已说："你们的事情，我都听说了。"

"我，"伏苓顿一顿，改问，"我刚才听说他在放长假。"

谢主任点点头："他昨天的飞机，去新德里。"

"新德里？"

"印度首都。"

伏苓一时回不过神来："他为什么要去印度？"

谢主任笑容疲惫："因为这里已经没有他的立足之地了。"

"怎么会？我，"伏苓喃喃道，"我刚刚听人说，妇产科的郜主任——"

"是，郜主任帮他做保。但是，这里已经没有病人愿意让他做手术。"

"为什么？他的手术成功率不是一向很高吗？而且，没有他，其他人忙得过来吗？"

谢主任摇摇头，很勉强地笑笑："病人不只是不让他做手术，还有很多干脆转院了。名头再响的百年老店，一旦传出质量问题，也会让人望而却步，更何况我们这种资历比较浅的医院。"

"为什么会变成这样？"伏苓不自觉地为裴知味辩解，"他放错X光片，检查的人也有责任，而且手术也不是在这家医院做的。说他仗着爸爸的权力，私自帮病人开刀，这根本都是没影的事，你是他爸爸的好朋友，就不能帮他澄清吗？"

谢主任指着椅子让她坐下："没有人会听我们说。最早为他做专访的周刊，因为将事件的前因后果都刊登出来，被很多人在网上骂，说他们是收了钱给无良医生洗白。"

"这怎么能怪到他头上？"

"如果你恰好是失败那一例患者的家属，你就未必能这么想。如果这个医生恰好被媒体揭穿有问题，你更加会认为，你的亲人本来可以活下来。如果这个医生还不苟言笑，甚至态度恶劣，那么你几乎会百分百认为问题出在医生身上。"

伏苓默然半晌，问："谢主任你就一点办法都没有吗？"

"权威权威，我也只在这一行能称个权威，出了这个圈子，没人会认你是谁。我想给他放个大假——他也确实该休息休息，等风头过去，再想办法把他弄回来。"

"他何必——"伏苓一时哽咽，话也说不下去。她当然知道他为什么要这样做，因为她不要他补偿，不要他赎罪，所以他只能自赎其罪，用他所受的惩罚，换她心甘情愿上手术台。

谢主任无奈叹一声："我想跟你聊一下七年前的事。"

伏苓欲言又止，良久后说："如果您是想劝我什么的话，我想我没有权利决定什么，叶扬已经死了，最受伤害的是他父母，我无权替他们做任何决定。"

"不，我不是逼你原谅他。"谢主任话锋一转，"我认识他爸爸很多年，可能在外人眼里看起来，他很幸福而且优秀，至少在医学院的时候，他的成绩就非常好。但是，他有一个比他更优秀的哥哥。"

"我听说他哥哥后来没有做医生。"

谢主任苦笑："可能老裴给儿子压力太大,他把希望全部寄托在大儿子身上,结果压垮了大儿子,又忽略了小儿子。"

"忽略?"伏苓想起袁锋的话,如今谢主任也这么说,可见裴知味的父母偏心,已经到了令外人都侧目的程度。

谢主任微微一笑,声音也柔和了许多:"我原来也有个儿子,也准备读医学院,可惜高中游泳……就夭折了。不说这么远,小裴的父母精力都放在大儿子身上,他没有人教,总跑到我这里来,特别卖力,刻苦。"

伏苓轻声道:"看得出来他跟您很亲。"

"医院是最不能出错的地方,但是人就会出错,ICU病房一个病人一天要做178项常规检查,你想一个人有没有可能连做一百件事都完全不出错呢?这句话说起来很残酷,但是,这是无法回避的事实。

"你男朋友手术的事,我不想为他辩解,也没法为他辩解。他做错,他爸爸处理错。他是个心思很深的孩子,什么事都埋在心里,你可能看着觉得他没什么,其实他心理压力非常重。每年实习生进来,最怕就是分到他名下,为什么?因为他最苛刻,因为他知道错不起。

"他最早在医院推广改良术前准备,有好的经验方法从不藏私,甚至每次手术前他会偷偷复查准备措施——他怕年轻医生们出错,但又怕别的医生知道他会检查,就降低警惕。我今年六十六,按道理该退休了,为什么不走?我不是倚老卖老,也不是要霸住这个位子,是我不放心,怕他弦绷得太紧,哪天突然断了,没法收拾。"

伏苓咬着唇不知该说什么,正在此时手机响了,是赵启明的报喜电话,说裴安生了个女儿,足有七斤重。赵启明在电话那头激动得跟什么似的,要伏苓赶快过去看她的干女儿。谢主任好像还有些什么话想说,却最终没有说出口,只说让伏苓尽早决定何时手术。

因为要防止交叉感染,产房一天只许进去探视两次,时间也有限制。伏苓进去跟他们贺喜,怕人多添乱,很快又出来,走廊里碰到邰明明正教育一个老太太,要给她儿媳的产房勤通风,老太太几次抗议,说原来坐月子都不能开窗。邰明明费了老大一顿唇舌,终于说服老太太。

老太太走后,邰明明扶着栏杆抚着额头喘气。伏苓犹豫良久,终于鼓起勇气开口:"我听说医院要给他停职的时候,是你站出来帮他——"

"没什么,你不用放在心上。"邰明明很洒脱地挥挥手,"如果医院不能给医生做主,那就太令人心寒了。"聊了两句又有人找邰明明,伏苓只好转回探视区,正听到裘安和赵启明在产房里说话。

"你说伏苓这样,以后怎么办呢?好不容易她跟裴医生说要结婚,我以为她真的守得云开见月明了,结果搞成这样!"

赵启明也叹了一声:"其实裴医生人真不错,是个厚道人。"

"叶扬跟你是室友哦!"

"一码归一码,你记不记得,伏苓刚查出来心脏有问题的时候,我陪你来医院做过一次产检?"

裘安点点头。

"当时我就碰到裴医生来找邰医生,原来他们俩以前是男女朋友。我听到邰医生问裴医生,为什么选在这时候跟伏苓结婚?裴医生说,伏苓心理压力太大,结婚是一剂安慰剂,可以减轻她对未来的惶恐。"

"你是说——裴医生知道伏苓生病所以决定跟她结婚?"

"谁在前谁在后就不清楚了。"赵启明慨叹道。

裘安怀里的女儿忽然哭起来,哭声惊醒伏苓,逃一般跑出探视区,生恐被他们一家人发现。

一路跑到走廊上,正见楼下邰明明和另一个男医生并肩而行——郤明明身量颇高，一身白袍在萧瑟秋风里显得越加潇洒，伏苓回想起方才和郤明明的对话，只觉着愤欲死。

以前每次见到郤明明，伏苓总怀着一点歉意——好像是她抢了郤明明什么东西似的，现在想起来，她有什么资格对郤明明歉疚呢？

他们才是天造地设的一对，而自己不过是一个可怜的局外人。

裴知味那些不同寻常的关怀、超出常规的示好，如今回想起来，都不是没有缘由的。

伏苓一口气跑出医院，在门口叫了辆出租车回家，父母刚得到裴安生产的消息，正在收拾礼物。见伏苓匆匆回家，伏妈妈忙问："出什么事了？"

"没，没事。"伏苓只是摇头，愣愣打开卧室房门，"我想一个人待一会儿，你们别管我。"

她搬出放叶扬遗物的箱子，叶扬的衬衣，她送叶扬的打火机，叶扬送她的梳子，叶扬打游戏的手柄，他们在街边小店买的手机链，叶扬的日记本……

他们的合照。

一月七日，叶扬、伏苓。

"你为什么要对我这么好？为什么到最后还在替我着想？为什么——为什么你走了这么久，到现在查出来我心脏有问题，都有人因为亏欠你，而来照顾我？"

"如果你真对我这么好，为什么不自己留在我身边！"

"为什么你要丢下我一个人？"

眼泪大颗大颗地落在叶扬的衬衣上，渍染出大朵大朵的湿润。伏苓把头埋在叶扬的衬衣里，哭了好一阵，才觉得衬衣里好像有块硬硬的东西硌着手。

抖开来一看，又是一根手机链。

却不是她和叶扬一起时买的。

那是她和裴知味去香港时在海洋公园买的手机链，不知什么时候竟遗落在箱子里——也许是从香港回来收拾这个箱子时掉进去的，因为放了一段时间，香水扣里的香水早挥发掉，箱子里充满淡淡而引人沉醉的味道。

第十七章 人生别久不成悲

父母不放心她闷在房间里，在门上轻叩两声，伏苓起身来开门："我没事，真的。"

伏妈妈一眼瞟到大纸箱，问："那是什么？"

伏苓不吭声，伏妈妈走进来，在纸箱里翻动两下，立时就明白了。伏妈妈脸色一变，僵在那里老半天，才说："苓苓，我们说会儿话吧。"

"妈，我知道你要说什么，我都知道，今天……我就是忍不住看看，没什么别的意思。我跟谢主任谈过了，准备尽早动手术。"

伏妈妈拉她到床边坐下，摸着她的头笑笑："话说来说去总是那几句，我也知道你听厌了。我要跟你说，前些天你住在裘安那儿，裴医生来找过我们。"

伏苓抬眼瞥瞥母亲，只是这事她早已猜到，所以没有接话。

"他送了一笔钱过来，嘱咐我们帮忙照顾你文阿姨和叶伯伯，还有，你的手术费。"

伏苓愣了一愣："妈你没收吧？"

"我收了。"

"妈！"伏苓差点站起来，又被伏妈妈按住坐下，她不解地问，"妈你怎么能收这个钱？"

"因为总要有一个人来做丑人。"伏妈妈正色道，"看看你叶伯伯家里，叶扬他爸病着，他妈妈退休工资也不高，当时给叶扬治病欠了多少债？原来有你给照顾着，现在你又生病要动手术——你别嫌你妈妈现实，你就当裴医生做错了事，当年如果事情没瞒住，本来就该给叶扬家里赔偿。是，这话说得难听了一点，用儿子的命换来的钱给老两口养老，可你也不能因为讲骨气，让叶扬他父母老来无着落呀？"

"那是叶伯伯和文阿姨的事，我们没法替他们做决定。"

"我跟叶扬妈妈说过，你文阿姨的意思，是把这个钱留给你治病。"

伏苓顿时就急了："她这么说你就答应了？妈你怎么能干这种事呢？"

"你给我坐下！我是你妈！你就不能把话听完再急？"伏妈妈也有些着恼，"你一进大学，就跟叶扬恋爱，那是个好孩子我知道，你们俩打从恋爱开始，就是奔着以后结婚过日子去的。我们两家早早见过面，当时我跟你爸爸都特别高兴——我们养你这么大，不也就这点念想？好好读书，找个好工作，嫁个好人家。叶扬的爸爸妈妈人也不错，能嫁个好男人，没有恶婆婆，妈对你的期望就这么多。"

伏苓咬着唇不吭声。

"后来出这种事，谁都想不到，我不是替裴医生说好话，但是你看看他这表现，真像个坏人吗？"

"妈我没说他像坏人，我就是不想再跟他有什么瓜葛，你把钱退给他或者给文阿姨。你要我别记着叶扬，等做完手术我换个城市工作；他是好人坏人，都跟我没有关系。"

"苓苓，你别说赌气的话。"

"我没赌气！"

伏妈妈也恼起来："你还说你没赌气！我跟你爸爸，还有叶扬他父母，现在还有什么盼头？还不都是希望你好好的！你日子过成这样，我跟你文阿姨拿着钱又有什么用！"伏妈妈说着便哭起来，伏苓连忙示弱："好好好，我不都答应了马上手术么！"

"我们老家，人死了，要把死人的衣服、用具，都烧掉。你知道为什么？是怕东西留着，让活人记挂着！"

伏苓生怕妈妈趁热打铁要她把叶扬的遗物都烧掉，连忙扶着她进客厅："我马上就去做手术，我明天就去做手术！"

第二天伏苓就带着父母去医院排期签同意书，谢主任给她安排了病房住下，交代了接下来要进行的一些指标检测。

晚上伏苓打电话让伏爸爸在家炖好汤，想第二天送到对面去让裘安补补，谁知道——裘安竟没能挺到"明天"。

出事时是夜里两点，裘安有大出血迹象，虽然医院奋力抢救，可最终还是因为失血过多，离开了刚出生的女儿。

伏苓赶到对面时，赵启明的父母抱着孙女，隔壁的产妇见这一家实在凄惨，帮忙给婴儿喂了几口奶，暂时让她睡下。

赵启明魔怔一般，等伏苓喊了他几次才回过神来，第一反应却是去抱孩子。他父母忙拦住他，劝他说孩子刚睡着，赵启明开口叫了句"安安"，便哽在那里说不出话。

裘安他们领证后，赵启明的父母本挑了一个吉日准备摆酒，但裘安婚后很快就怀孕了，算着到日子时她已显了肚子，不好穿婚纱。她说一辈子一次的事，一定要办得漂漂亮亮的，而且能让孩子参加父母的婚礼，也是给孩子的另一种礼物。

没想到竟连这也没等到。

而最糟糕的消息来自谢主任，他因意外左臂脱臼。伏苓一时蒙在那里，伏妈妈率先反应过来："那我们苓苓的手术怎么办？"

谢主任忙安慰说："上海的闵教授做这个手术已经成功了，我跟他关系还不错,等科室里事情安排好我就联系他,请他给伏苓做手术。"

祸不单行,等联系上闵教授时,闵教授刚刚查出阿尔茨海默症,并且短期内病情急剧恶化,彻底告别手术台。

因为短期内无法手术,伏苓只好先办理出院手续,伏妈妈今天要去赵启明家探视,约好晚一点来接她,没想到袁锋竟先到医院来探他。

伏苓和袁锋也有一段时间没见面——大概就是从袁锋搬家那天开始,袁锋拎着一个塑料袋的水果,不好意思笑道:"我听人说你还在医院,就过来看看。"

"谢谢。"伏苓昨天在医院里碰到一个旧同事,猜想袁锋是从她那里得到的消息,"最近忙吗?"

袁锋想了好一会儿,不知道该答忙还是不忙,最后说:"还可以。"他把一袋子水果放在病床旁的柜子上,又从里面摸出两个苹果揣兜里,"我路上吃。"

两人聊了一会儿近况,袁锋安慰她一定能尽快找到合适的医生,不一会儿伏妈妈过来接伏苓回家,袁锋便和她告辞。

袁锋在医院里兜了一圈,晃悠到妇产科。

"跑到妇产科来干什么?前列腺有问题?那不归我管,要我给你介绍医生吗?"

袁锋心里刚长出一点怜香惜玉的小嫩苗,听到邰明明硬邦邦的几句话,立刻都被掐灭:"我来看伏苓,顺道过来看看你。"他从兜里摸出一个苹果递给她,"分你一个。"

邰明明上下打量他一眼,讥诮道:"你就买几个苹果去看伏苓?"

"有什么问题?"

"你活在上个世纪呀?真土,活该你找不到女朋友。"

她一句话把袁锋噎在那里，袁锋又把那个苹果摸回来："我买点水果也跟找不到女朋友有关系？"

"当然有关系！"

"有什么关系？"

邰明明白他一眼："我为什么要告诉你？我时间宝贵！"

"我请你吃饭？"

邰明明本想反问"你为什么要请我吃饭"，但想到有袁锋这样的愣头青陪着，也总比没人说话强。她点点头说："我要吃比萨。"

袁锋一愣，没想到邰明明要求这么低："必胜客？"

邰明明递给他一个孺子不可教也的眼神，收拾好桌子，下楼取车出来："我说吃比萨，你就只知道一个必胜客！"

"那，"袁锋把已蹦到舌尖的另几个比萨快餐店的名字咽回去，"该去哪儿？"

"跟着姐姐走，没错的。"

邰明明载着袁锋过南湖，袁锋心想这一带都是高档餐厅，摸摸口袋，庆幸自己带了信用卡。不料邰明明拐过弯，往附近一所大学开过去，停下车后，邰明明把他带进一间人声鼎沸甚至很难称为"西餐厅"的地方。

袁锋设想邰明明会去的一定是地板光可鉴人蓝眼珠金头发的厨师戴白帽的waiter顺便还有人拉小提琴的高档餐厅，没想到这里一眼望过去都是人，七八条长桌并列搭着，客人都坐在两旁的高凳上。吃的倒确实是比萨，只是直径比袁锋平时叫的外卖大至少一倍。

店里客人多，只能自己找位子，邰明明拽着袁锋往里钻，找到见缝插针的两个位子。袁锋还没来得及抗议"男女授受不亲"，已被邰明明一把塞进去坐下，然后邰明明拐到另一侧坐下来："怎么，怕吃不完？"

袁锋从震惊里回过神来："怎么可能！我一个人就可以搞定一个！"

"那就好，我每次来都吃不完，有点浪费。"

邰明明点了一个沙丁鱼比萨，趁着等餐的工夫，袁锋四下张望："这里怎么这么多外国人？"

"老板是意大利人，这里的比萨比较正宗。"

等他们的比萨上来时，袁锋仍对那硕大的尺寸咽了咽口水，切下一块入口，香松酥软，芝士放得也足，与平时吃过的比萨简直天壤之别。袁锋卷着舌头连说两句"真好吃"，侧头瞥见邰明明的白眼，连忙放下双手，开始细嚼慢咽。

其实邰明明也是大口吃，但不知为什么，袁锋就是觉得邰明明的吃相是大方做派，而自己的狼吞虎咽则像是一辈子没吃过好东西的土包子。他正自惭形秽时，邰明明又添上一句："你这件风衣穿多少年了？"

"三年，四年，五年吧？我也记不太清了。"

邰明明看他的眼神，就好像看商场里打折后被人挑剩的衣服："你看看你，第一没有长相。"

袁锋摸摸脸："不影响食欲吧？"

"也不能算优势；第二，你连品位都一塌糊涂。"

袁锋左右看看，羞愧得直想往桌底钻："明明姐，你就不能等吃完了我们出去再说吗？"

"我这是为你好，你就不能把自己整得像个人样么？"

袁锋瞧瞧那件刚被她鄙视过的风衣："也要好几百呢。"

"我听说你们这一行工资也不低，你又没什么娱乐，也没听说你投资，你钱都花哪儿去了？"

袁锋苦着脸答道："租服务器。"

"什么？"

"租服务器。"怕解释不清楚，袁锋掏出手机给她看，"我做了一个手机应用，专门针对情侣的，最近用户越来越多，服务器开支越来越大。"

邰明明接过手机，袁锋在一旁跟她解释，现在的社交网站很多，各种各样的密友应用也越来越多，但许多杂乱不堪，互相抄袭，找不到重点。他设计的这一款应用，也是社交性质，但有一个亮点，可以设定有且仅有一个正在交往的人，与市场上许多应用反其道而行之。

一说起这个手机应用，袁锋整个人就特别来劲，呱啦呱啦讲了一气，邰明明一语道破："你这是想做给你和伏苓用的吧？"

袁锋顿时哑火，脸色讪讪的，老半天才说："去年冬天做出初版，本来想过年后找她帮忙测试，结果就——"

他一脸失落，倒叫邰明明不好再落井下石，只好转移他视线，说："这个效果做得不错嘛，很好玩的样子。"

"要不你也注册来玩玩？"

邰明明嗤一声："我又没男朋友。"

"你——"袁锋怯怯说，"设定好情侣关系后，外人只能看到你的状态是交往中，但不知道是谁。你可以设定我，帮我测试功能。"

趁邰明明的尖刻否决还没出口，袁锋又补充说："帮忙测试，不是真的。"

邰明明撇撇嘴，稍一思索后掏出手机递给他："你帮我装。"

装上这个应用后，袁锋和邰明明之间就多了一条秘密联系通道——虽然都有对方电话号码，但关系并不密切，无事发短信或电话就显得很奇怪，如今有了"测试"的幌子，每天互相发些多无聊的信息和图片都理直气壮了。

不过医院秩序恢复后，邰明明又忙起来，在被冷落许多天后，袁锋忽然收到邰明明的消息：裴知味回来了。

袁锋心里忽有些不是滋味——裴知味回来，第一个知道的居然是邰明明。

裴知味一进医院，几乎没人能第一眼认出他，都是觉得"这个人有点面熟"，要仔细再打量一番，才惊呼"天啊裴主任你怎么黑成这样了"。

"晒的。"裴知味老老实实回答。

第一个看望的人当然是正在养伤的谢主任，不等裴知味出言安慰，谢主任反倒先开口："我不放心的是明明。她年轻，脾气盛，平时还耐得住性子，碰到完全不讲理的病人，她就炸了。"

"又背后说我坏话，谢主任，背后碎嘴不利于恢复。"

邰明明领着伏苓进来，伏苓被邰明明领过来，原以为是探望谢主任，没料到裴知味也在。他人黑了一圈也瘦了一圈，眼眶深深陷下去，但整个人气色却较原来好许多。见到伏苓进来，裴知味也是一愣，旋又微笑着同伏苓点头打招呼："身体还好吗？"

伏苓点点头，心里隐约觉得裴知味变化极大，不止是黑了瘦了，只是一下子又说不出来变在哪里。

裴知味又笑，从随身的小行李箱里取出一方包装精致的盒子递给邰明明："给你带的礼物。"

邰明明接过打开，是滚边刺绣的长绸，邰明明拉出来两米多长，还不及全长一半。

"没工夫细挑，让当地的朋友推荐的，我估摸着你好这一口。"

邰明明喜笑颜开，在身上绕过一圈，问伏苓："怎么样怎么样？"

她一身白大褂，再裹上颜色绚烂的丝绸，顿时显得格外滑稽。伏苓没忍住笑出声来，邰明明又转过身问裴知味，裴知味笑笑没说话，却比了一个口型："收了好处，就赶快滚吧。"邰明明冷哼一声，收起纱丽，耀武扬威地走人。

伏苓见邰明明离开，不知自己该走该留，好在谢主任帮她解了围："小伏，你自己找凳子坐，我们谈一下你的病情。"

裴知味拉椅子给她，谢主任把自己受伤后，闵教授也查出来阿尔茨海默症的事说给他听。为今之计，要么继续找合适的医生，要么等谢主任的手恢复。裴知味转身从行李箱里取出一个厚笔记本递给谢主任："我这两个月做的笔记，您看看有没有用。"

他专门翻到某一页："新德里的一个教授也做了一起自体移植和巨大左心房减容手术。"

谢主任认真研究裴知味复印的资料和做的笔记，问："你参与了手术？"

"是的，我做第一助手。"

谢主任抬起头，目光在裴知味和伏苓间徘徊，欲言又止，半晌后说："你们也好久不见了，小裴你送伏苓回去吧，我这里想先休息一会。"

裴知味陪伏苓出来，问："要不要吃点东西？"

不等伏苓回话他又说："我有点饿。"

伏苓笑起来，他们就近在街上找了间饮品店，里面恰好还有两个空座。裴知味让伏苓坐里面，他坐外面风口，店里冬天除了热饮也兼营甜品，伏苓点了一份红豆核桃露，裴知味要的是紫薯银耳汤。伏苓便问："你不是不喜欢喝这个么？"

她想起去香港时，裴知味被她拽着吃了几天各式甜汤，到最后吃得快恶心了，回来十几天不沾有甜味的东西。

裴知味笑了笑，没有说话。

吃了两口，裴知味忽想起什么似的，从口袋里摸出一样东西："也有给你的礼物。"

是一枚蓝绿色戒指，似铁非铁似铜非铜，工艺有点像中国的景泰蓝，又不完全一样，甚至也不新。看起来像戴过很久，细细摩挲起来，有种古旧浅淡的光泽。

伏苓试了试，只有拇指勉强能套上，只能做扳指用。裴知味解释说："一个病人送的，说她们家传了几代，好像叫……我也不知道名字，听发音像miu miu，给女儿陪嫁用的，可是她们家现在只有儿子，用不了，非要给我。"

那是位印度老太太，问他从哪里来，有没有结婚，让他送给以后的妻子，又说了一堆绕口令似的英文，大意是说可以趋吉避凶，中国人常说的辟邪之用。他当然也不信这些东西，只是当时想起了伏苓，既然它上面寄托了良好的祝愿，送给她总不是坏事。

伏苓不好再推拒，只好戴在左手大拇指上——这已不是他送她的第一枚戒指，然而送来送去这么多回，他们到底也没结成婚。

想到这里她心里有些异样的情绪，只好转开话题："你在印度都做些什么？"

"做手术，一家民间医疗站。"他思忖半晌，"私人开办的，由民间公益组织捐助医疗器材，专门针对某几种心脏科疾病，尤其是小儿先心病进行救治。因为这一类手术相对简便易行，而医生如果重复进行某一类手术，经验累积很快，成功率也高，就好比……好比流水线上的熟练工，专业高效。通常心脏外科的手术，对环境、设备要求都很高，正规的医院要给医生开工资、要有行政开支、医药检验，这些都要花钱，平均算下来，一台心脏手术至少十万。医疗站设施很简陋，专门针对这几种治疗简单的先心病手术，设备都是捐赠的，医生是各大医院来做义工的，所以算下来会便宜很多。一台手术三四万块，家庭条件不好的也勉强可以接受。"

他讲到在印度的经历，不自觉便来了兴致，口若悬河的——因为那确实是一段难得的经历，也是一个契机，让他见识到一个新的天地。毋庸置疑，那里的条件很差，手术也不复杂，但每一台手术背后，都有一个几近绝望的家庭，可以在那里重新找到希望。

但希望的同时也有绝望，因为设施和医生有限，他们只能接受基金会限定的那几种病人，尽可能将善款的每一分钱都做最充分的利用。比如曾有一极穷困的家庭，孩子的病不在救援之列，因为那种病可能耗资百万也无法痊愈，而同样一百万可以让至少二十个简单先心病儿童完成手术。

他不知道伏苓能否明白这种心情，那种每天都在生命线上徘徊、抉择、犹豫的心情，那种欢欣与绝望交替出现的心情……他恨不得将碰到的每一个病人的故事都说给她听。

他想说，他现在最大的希望，是能亲手完成她的手术。

然而最后他都没有说，只是把在医疗站碰到的，开心的不开心的事，一件一件说给她听。

后来他口有点干，停下来喝一口甜汤，伏苓才问："那你现在回来，什么感觉？"

裴知味愣了愣，半晌后说："好累。"

两个半月，做了四百多台手术，即使是不断重复某几个类型的手术，依旧是对体力和脑力的重大考验。

伏苓猜测裴知味这几个月的经历对他影响巨大，纵然条件艰苦，对他而言亦是欢欣多于疲惫。半晌后她问："那，你回来之后，还要再去吗？"

"看情况吧，"裴知味苦笑一声，他不愿在这话题上再停留，转而问道，"你呢，家里怎么样？"

"谢主任手受伤后，因为短期内不能手术，爸爸假期有限先回去了，妈妈还在这里陪我。"

"哦……"裴知味点点头，努力咽下已到舌尖的话，许久后说，"你放心吧，我刚才给谢主任看的那台手术笔记，病人情况和你很相似，"他停顿良久，"我参与了手术，情况很好。"

他没有说那是他费尽工夫磨破嘴皮求来的机会，那位病人本不属于救治范围，已经被拒绝了要送走，是他发现病情相似，说服本地一位教授作保把患者留下，一同参加了手术。主刀的教授把患者的心脏取出交给他接体外循环机时,他胸腔里那颗心几乎也要蹦出来——他觉得捧着的好像就是伏苓的心脏,眼睛眨也不眨地观察每一个步骤。一边同自己说要心无旁骛,手术台上容不得任何情绪;一边心脏又控制不住怦怦乱跳,无可抑制地在心里默念着伏苓的名字。

那一刻他几乎忘却做医生的责任,只想飞奔回她身边告诉她,他希望有一天可以亲手浇灌她的生命,不是因为他是医生而她是病人,不是因为他曾经的失误,不为补偿,不为歉疚,不为责任,只为——只为她是她。

话未出口,却见伏苓眼睛微眯,望向他的身后。

裴知味回头,只见一对学生情侣站在门口,男孩手里提着两杯奶茶,一手正在付钱,女孩舀了一勺布丁,喂给男孩吃。他满腔的热血立时冷却下来,勉强笑笑:"你放心,不会有问题的。"

第十八章 你的未来

回到家后，伏妈妈第一件打听的就是有没有找到其他能做手术的医生，伏苓斟酌良久后问："妈，我想跟你商量个事。"

"什么？"

"裴知味回来了。"

伏妈妈几乎是一看伏苓表情就知道她想说什么："你想让他给你主刀？不行，他根本没做过这种手术！他再怎么能耐，那也是年轻，怎么能比谢主任经验丰富？中国这么大，肯定能找到合适的医生。"

"妈，你也不相信他吗？"

"我不是不相信他，"伏妈妈心情极复杂，"我，我是觉得这不合适。"

"他去印度两个多月，做了不少手术，其中有一例病情和我类似，他参与了手术，"见妈妈眼睛一亮，伏苓又补充说，"他做第一助手，不过我想以他的学习能力，应该可以完成我的手术。"

伏妈妈神色纠结，她当然也希望伏苓尽快手术，若是在这些事发生前，她或许敢让裴知味一试。但现在，她无论如何不敢让女儿冒险。

"我不是信不过他的水平，我是信不过，我怕他心理压力太大。你怎么想到让他帮你做手术？他跟你提的？"

"没有，我只是听他说他参加过类似手术，那我这里等来等去也不是个事，尽快做安心，我还得上班呢。"

伏妈妈死活不肯，伏苓只好去请谢主任，谁知谢主任也不同意："伏苓，我知道你在想什么，你看小裴现在没手术做，想让病人恢复对他的信心。但你想过没有，如果失败，对你可能就是生命终结；对小裴，前途尽毁还是小的，你要是在他的手术台上出什么差错，他怎么承受得起这样的打击？"

见伏苓态度坚决，谢主任只好让裴知味来劝她——他想裴知味无论如何不敢拿伏苓的性命开玩笑，一定会慎之又慎，没想到裴知味只答了两个字："我做。"

伏妈妈这回急了："你怎么敢！"

裴知味不急也不恼，像经千锤百炼的钢，先前的种种锋芒尽皆收敛，只余无坚不摧的内心。他只把自己的笔记拿出来，结合伏苓的病情，跟伏妈妈解释手术原理流程。

"根据最近的检查，她有过几次呼吸困难的状况，间隔的时间有缩短趋势。我们是可以继续等，等国内有其他医生完成类似的手术，再给她做，把握会比较大；但也有可能，在等待的过程中，她出现什么意外。"

裴知味没有说出现意外会怎样，只是把病历上的几个时间点指给伏妈妈看，伏妈妈终于妥协于白纸黑字的记录。

谢主任在院长那里给裴知味争取到最后的机会，伏妈妈在伏苓和裴知味的坚决态度下，终于签下了手术同意书。

裴知味没有其他病人可负责，所以伏苓手术前一切准备，他都有足够时间亲自过问。他定时陪伏苓聊天，在她病房里整理之前的手术笔记，那份他拖了许久的讲义也终于完成……等伏苓肝肾血液等一切检查趋于正常，服用抗生素预防感染，做好其他准备措施后，终于到了上手术台的那天。

参与手术的其他人都是他原来用惯的，裴知味一一交代手术中应当注意的问题，正式开始手术。

切口。

用电刀沿正中切开胸骨骨膜。

分离胸骨切迹。

解剖剑突，分离胸骨后间隙。

纵向锯开胸骨，止血。

切开心包，撑开胸骨，显露心脏。

……

一切步骤都有条不紊地进行着，裴知味神情严肃，不显露一丝一毫情绪。心外探查未发现未知问题，开始建立体外循环。待体温降至30℃左右后，用主动脉阻断钳阻断升主动脉，接着灌入冷心停搏液，让心脏迅速停搏。

在场的助手医生、麻醉医生和护士们，都知道伏苓一度和裴知味谈及婚嫁，也知道是伏苓主动要求让裴知味主刀。他们看着裴知味熟练地执行每一项操作，标准精确如机器人，来不及流露敬佩，因为裴知味动作准而快，需要他们同样迅速地配合。

"报告体外循环指标。"

"体温25℃。"

"心肌温度18℃。"

"流量76ml/kg。"

……

一切指标正常，裴知味举起手，说："下面我们将要取出患者心脏，进行自体心脏原位移植。包括对她的左心房进行部分切除，完成二尖瓣置换术和三尖瓣成形术。"

伏苓的心脏被取出。

裴知味的手轻轻一颤——他曾在脑海里模拟过无数次伏苓的手

术，然而当他真真切切触摸到她的心脏时，那种真实的感觉，仍令他浑身血液加速流动。

他迅速摒弃杂念，稳住心神，轻声示意助手："开始。"

先对左心房进行部分切除，然后是二尖瓣置换术和三尖瓣成形术，这一系列心脏矫形手术，步骤并不简单。37分钟后，裴知味完成所有操作，将这颗心脏重新安放回伏苓体内。

"复温。"

"清除心包内冰屑。"

"心尖插针排气。"

……

升主动脉阻断钳开放后，伏苓的心脏并未主动复跳。在场的医生和护士都有些心惊，裴知味微微皱眉，声音却一如既往的冰冷，不显露一丝情绪："电击去颤。"

谢主任、邵明明和胸心外科其他几位医生，都通过视频观察着裴知味的一举一动，连院长也放下手头工作过来督战。终于等到伏苓心脏复跳，谢主任轻轻舒一口气："闵教授做这个手术花了43分钟。"

手术完成后，伏苓被送入重症监护病房进行监护，裴知味一个人坐在休息室里，大汗淋漓，身体如彻底松下来的弓弦，绵软无一丝力气。

黑暗里没有光，也没有声音，他只听到自己大口大口地喘气。

很久很久后，门吱呀一声开了，然后是电灯开关声，他没扭头，声音低弱地问："谁？"

回答他的是邵明明："我。"

"哦。"

"监测数据一切正常。"

"嗯。"

"我去ICU看过，她情况不错，你不过去看看她吗？"

裴知味没吭声，良久后他忽地苦笑一声："谢谢关心。"

"裴知味，我很好奇。"

"好奇什么？"

"我记得，刚认识你的时候，对你有一种和其他人不一样的亲切和熟悉。我一直以为这是因为我们彼此很合适，可以逐渐转化成，感情。可是，有时我会觉得，看到你，就像照镜子，看到自己一样。原来的亲切和熟悉，不是因为你，而是因为我看到自己。"

裴知味轻轻呼一口气："所以？"

郜明明轻叹一声："所以我很好奇，一个智商和情商都最接近我的人，遇到爱情的时候，会变成什么样子。对我来说，就算是总结一个前车之鉴。"

裴知味终于转过脸来，一脸难以置信地说："过奖，我的自恋比起你来差远了。"

郜明明笑道："还开得起玩笑，不算很糟糕。"

"我也没有你这么八卦。"

"难得嘛，你有什么不开心的事，说出来也可以让我开心一下。"郜明明拉开一张凳子坐到他面前，"手术成功，你有什么打算？"

"看情况吧。"

"裴知味，"郜明明声调异样，"如果你知道会有今天的后果，你还会那么冲动，公开当年的失误吗？如果因为这件事，你不能再做医生，你会后悔吗？"

裴知味良久未答——不能再做医生，这样的代价，他实在没有办法重新衡量。

他只知道那时候，他没有选择。

裴知味忍了又忍，最后还是说："你也要学会保护自己。"

"这真不像你会说的话，"郜明明嗤笑道，"怎么，关心我啊？"

裴知味沉默良久，笑笑说："我只是觉得，可能我们都想错了。"

"想错？"

"我们都接触这一行太早，别人晕血的时候，我们早就冷血了——以为自己的境界更高，以为医生就是治病，以为保持距离可以免受伤害。"

"难道不是吗？"

"我到医疗站的第一天，陪一个澳大利亚的老教授去查房，教授突然跟一个病人说Happy Birthday，还陪他聊了几句，病人很开心。出来后我问教授是不是和这个病人很熟，他说不是，那个病人是被遗弃在医疗站的，也不属于我们能手术的范围，只能等死。他只是从登记本上看到这个病人是当天生日，所以陪他聊几句。"

邰明明讪讪笑道："这真不像你会说的话。"

裴知味耸耸肩："教授说，医生的职责，不仅仅在于治愈，cure；更在于关怀，care。"

邰明明好奇地问："这种话以前老师也说过一百遍，怎么从来没见你感受这么深刻？"

裴知味恨恨瞪她一眼，怎么也不肯把原因说下去了。

他们一同去ICU看伏苓，隔着玻璃，伏苓正香甜甜睡。

裴知味双手撑在玻璃墙上，如饥似渴地想多看一眼，再多一眼。邰明明轻声问："手术成功了，你什么打算？"

"我，应该不会留下来。"

"你说什么？为什么？"

"我早就准备离开这里，只是没想到现在会是被迫而不是自己选择。"

"为什么？"

"伏苓那时候跟我说，她情愿不要治疗，让生命一天一天地枯萎，让我永远没有赎罪的机会。"

"赎罪？"

"叶扬，是伏苓在大学的男朋友。"

"男朋友？"郜明明惊呼道，"难怪——我还在想伏苓怎么会有一个干妈，原来是……原来的准婆婆？那就是说，你，你，你让她的男朋友……天呐！"

她在休息室里急促地踱来踱去，口里不停念着"OH, MY GOD"，最后她站定他身前："所以你公开承认医疗事故，就是为了和她两清，让她心甘情愿接受治疗？"

裴知味苦笑道："现在我承认你IQ确实很高。"

"OH, MY GOD，"郜明明又念起经来，神经质一般走来走去，"裴知味，你会后悔的，你会后悔的。"

可惜事情没有如果，很多事情，都没有办法用天平衡量仔细再去做。

他曾小心衡量对所有人所应付出感情的尺度，直到遇见伏苓，付出一切，却早忘记要衡量。

裴知味转过身来，却见郜明明捂着嘴，声音哽咽："你将来会后悔的，你怎么能这样，你读了多少年书才能当一个医生，你会后悔的……"裴知味手足无措，不知如何应付哭泣的女人，他伸出手想安慰她——明明该伤心的是他自己，可为什么郜明明会哭成这副模样？他叹气道："天无绝人之路——"他话没说完，郜明明已抱着他哭起来。

他转过身，还好，隔壁病房里只有伏苓，她也睡着了，应该没有别人会看到英明神武的郜主任梨花带雨的模样。他双手张也不是，合也不是，最后只好轻拍着郜明明的背："没事，没事，此处不留爷，自有留爷处。"

郜明明推开他，又哭又笑："你还这么轻松！"

"那我能怎么办呢？"裴知味无奈地道，"别哭了，不知道的人还以为我把你怎么样了呢，有损你妇科之星的英明形象。"

邰明明破涕为笑："如果不是伏苓肯让你给她动手术——你们真是两个疯子，你就没想过，万一这手术失败了你怎么办？"她拧开水龙头洗脸，又惊叹道，"你心理素质太好了，说真的，裴知味，我们认识这么多年，到今天我才有一点服你。"

"谢谢夸奖。"

"最后一个问题，你想过手术万一失败的问题吗？"

"没。"

"你对自己这么有把握？没有手术能百分之百成功的，更何况——"

"如果失败了，那等失败后再想。"

"万一伏苓死在你手上？现在手术做完了，你可以想想，万一伏苓死在你手术台上，你怎么办？"

裴知味并未思索很久："你以为现在国内有几个人做她的手术把握会比我高？风险，都是人来承担的。"

这句话邰明明若是原来听裴知味说，一定觉得他太过骄傲，而现在她从裴知味眼里看到的，只有从容和坚定。

要有实力去挑战，然后，还要有勇气。

隔着玻璃幕墙，伏苓仍睡得如婴儿般香甜。

后悔么？裴知味问自己，又像是问一墙之隔的伏苓。

"你的过去里没有我，你和叶扬一起逛街的时候，我也许正在解剖台上；你们看电影的时候，我大概在查房；你们寻街绕巷吃消夜的时候，我可能在看手术录像……你们所有的美好回忆，我都没有。

"我后悔很多事，后悔那一次没有仔细核对病历，后悔没有站出来承认错误，后悔没有早一点认识你，陪在你身边，后悔我一直对你有所隐瞒……

"我唯一没有感到遗憾的是，因为你所有的过去里都没有我，所以今天，我才能站在手术台上，亲手挽救你的生命。

"你的过去里没有我，那不要紧；要紧的是，你必须要有未来。"

伏苓在术后观察期一度出现心包阻塞，用药也无法改善，又紧急上了一次手术台清除血块。好在裴知味跟得紧，血块清除后症状明显缓解，延长观察了一周，才换到普通病房。

裴知味第一次在伏苓完全清醒状态下去看望她时，伏苓正在看他送的那本《当我谈跑步时我谈些什么》。裴知味低下头来看封面，不等他开口，伏苓先问："我短期内不能跑步了吧？"

"是，"裴知味好笑地说，"这不正合你意？"

伏苓摇摇书："看他写的好像跑步很开心一样。"

裴知味拉过椅子来坐到病床边，看到矮柜上一个小编织篮，里面盛着汤壶和汤碗，便问："阿姨炖的汤？你喝得倒挺干净。"

伏苓望了他一眼，没吭声，又瞧一眼编织篮，轻声说："是文阿姨炖的。"

裴知味后来还去找过几次叶家，每次仍旧是吃闭门羹。伏苓决定让裴知味为她做手术后，也去找过文阿姨。但文阿姨连她也不肯见，她打了几次电话，后来是伏妈妈劝住她："我见过叶扬的妈妈，你暂时不要去找她。"

"为什么？文阿姨生我的气吗？"伏苓不希望文阿姨误解，以为她让裴知味手术是有什么深意，"我想跟她解释清楚。"

伏妈妈问："你想跟叶扬的妈妈解释什么？"

"我不是原谅他。"伏苓低声说，"我只是觉得他现在这样太可怜了，况且一时也找不到合适的医生给我做手术。"

"你文阿姨也是这个意思。"

伏苓抬起头，不解问："什么？"

"你替叶扬赡养他父母这么几年，难道你文阿姨还不明白你是什么人吗？"伏妈妈摸摸女儿的头，"但是，你要她来高高兴兴祝你和裴医生——这也太强人所难了。"

　　"我没有和裴知味怎么样……"

　　"是，但对叶扬的父母来说，这没有什么区别。"

　　伏苓登时眼圈就红了："那我要怎么做他们才肯见我？"

　　"你文阿姨不会再见你。"

　　伏苓一脸失望望着母亲。

　　"你想背着叶扬这个负担过一辈子吗？"

　　"叶扬不是负担，他不是负担，"伏苓急急反驳，"你们原来也同意我啊——他不是负担！"

　　"苓苓！"伏妈妈神情严肃起来，"你想抱着叶扬的遗物过一辈子吗？我们以前支持你，因为你还小，还年轻，叶扬刚走，我们也不想自己女儿是个无情无义的人。这都快四年了，古时候给父母守孝也不过三年，难道现在你父母还在，你却要准备过未亡人的日子吗？"

　　伏妈妈声色俱厉，伏苓不敢反驳，伏妈妈又说："你文阿姨不是怪你，也不是怪裴医生——当然她怪裴医生，但是叶扬已经不在，裴医生也这个样子，她不想再追究什么。她只是不想见你们，裴医生的事，你的事，以后都和她没关系，你懂不懂？"

　　伏苓不懂。

　　她还活着，父母尚在，叶扬的父母也还活着，只有叶扬一个人孤零零在地下。

　　现在他们却希望她忘记叶扬。

　　今天早上伏妈妈送汤来，她喝着觉得味道熟，伏妈妈说那是文阿姨炖的，炖好送到她家，要伏妈妈换汤壶碗筷送过来。

　　"你文阿姨不是不关心你，她是怕自己看了伤心。"伏妈妈这么说。

裴知味沉思半晌，问："他父母还好吧？"

伏苓点点头，把他拿给伏妈妈的钱的用途的来龙去脉跟他说了一遍，裴知味点点头："那你呢，什么打算？"

"休息好了再找工作呗。"伏苓抿抿唇，"你呢？"

"我开始办交接手续。"

伏苓一时没明白过来，愣愣后问："你不是——"她想说裴知味给她动手术不是一切顺利么？况且据说还是比较复杂的手术，裴知味的手法利落而漂亮，卞医生路过她这里时还提过一嘴，说科室里的年轻医生们都爱看裴知味做手术的录像来学习。

"是我想换个环境。"裴知味安慰她说。

再等伏妈妈来医院时，看到裴知味，只说了一句："挺好的一人，可惜。"

伏苓没问妈妈她可惜什么，可惜他的遭遇，还是别的什么？

到出院的那天，裴知味过来问："你有没有空，耽误你一会儿。"

第十九章 败给时间还是爱情

裴知味把她和伏妈妈先送回家,然后带她出来,车一路往城东开,伏苓心里猜到些什么,却没开口问。

目的地是憩园。

裴知味朝她伸出手来,伏苓不解其意,裴知味干脆伸过手来拽住她,问:"他在哪里?"

伏苓试着把手往回缩,却始终未能得逞,只能给他指路。裴知味另一只手拿着花,一路上行至叶扬存放骨灰的地方。伏苓这才发问:"你来这里做什么?"

裴知味目光清冷,从她面上移到叶扬的格子:"我有些话想跟他说。"

伏苓的声音防备起来:"你要跟他说什么?"

裴知味朝叶扬的格子鞠躬后,又拉起伏苓的手,对叶扬的遗像说:"对不起,现在才来看你。

"如果不是我,你现在应该还健康地活着,不会在这里。

"我知道再多歉意的话,也不能弥补我的过错,没有什么能代替生命的价值,所以,我欠你很多,很多,很多。

"但是，我今天来，是想跟你谈伏苓。

"我希望请你，请你放过她。"

伏苓惊讶转头："裴知味你在说什么！"

"请你放过她，请你不要再出现在她的回忆里，她的梦里，她的心里。"

"裴知味！"

"她已经为你付出了很多很多，你生病，她陪着你照顾你；你不在，她赡养你的父母。可是，你有没有想过，她也是一个需要照顾的人。如果你真的爱她，请你放过她，所有我欠你的，请你下一辈子再来找我追讨。"

"裴知味你住嘴！"

伏苓跳起来捂住他的嘴，裴知味拽开她的手攥住，继续说："我会离开这个城市，不知道下一步将要去哪里，但是，我想带走伏苓。"

"裴知味！你凭什么说这种话！"伏苓挣开他，尖声叫道，"你凭什么要我忘记他！你有什么资格！你们人人都这样，每个人都会说，他已经死了，你还年轻——你们以为我不知道他死了吗？他为什么会死，他是你害死的！人人都有资格要我忘记他，只有你没有！"

裴知味试图拉住她，然而伏苓挥舞双手，在他四周走来走去，情绪激动："你们不就欺负他是个死人吗？知道他不可能跳起来反驳你们，所以口口声声要我忘记他！还说什么如果他地下有灵，一定不会希望我这样，你们怎么能这么轻松，把这种话说出口——就因为他死了，所以他活该被遗忘，不管我跟他曾经有什么，都可以被你们这一句话抹去，是不是？叶扬他到底做错了什么？没有，什么都没有，他最倒霉就是遇到你，而你现在竟敢叫我忘记他！你们凭什么！"

"是，你说得没错。"裴知味面色冷静，"我没办法抹杀你和他的过去，在过去的所有时光里，你和他的一切都已成定局。因为他已经死了，没有人能战胜一个死人。可就因为他已经死了，他再也不能从坟墓里跳出来，陪你度过每一个明天！"

"那我也不需要你！"

裴知味面色铁青，一点一点变成死灰色，然而他目光仍胶着在她身上："我只问你最后一次，你愿不愿意跟我走？我知道你心里还恨我，你一辈子不原谅我也没有关系，可是你需要照顾，你的父母会走在你的前面。如果你愿意，我会照顾你一生一世；如果——如果你拒绝，我再也不会提出这种让你觉得荒唐的建议。"

伏芩伸手蒙住叶扬遗像上的眼睛，不想让他看到眼前这一幕。她努力用双手遮住整张照片，好像裴知味是什么吸魂摄魄的妖怪，让他再看叶扬一眼，叶扬就会灰飞烟灭。

"告诉我你的答案。"

伏芩连头也不肯回，挡在他和叶扬的遗像中间，一个劲地摇头："你走吧，我不需要人照顾——就算我要人照顾，我也不会找你。你不欠我什么，我们两清了，我不想再见到你，一辈子都不想再见到你……"

她从随身小包里掏出面巾纸，擦拭叶扬的遗像，很久之后，听到身后裴知味说："对不起，我太自不量力。"

裴知味望着自己双手，那双手对许多人来说，有着近似起死回生的魔力。然而，此时此刻，他能感受到的只有湮没灭顶的无力。

"你走吧。"

"我送你回去。"

"我自己打车回去。"

裴知味终于离开，留下伏芩一个人，她站在叶扬的遗像前，伸手抚触他的眉眼："对不起，我不该让他来，你别生气。我不会跟他在一起，我也不会忘记你，过去不会，现在不会，将来也永远不会。我不会让你一个人孤孤单单的，你不要生我的气，好不好？"

"伏苓？"

有人喊她的名字，伏苓手忙脚乱地擦眼泪，转过身发现是赵启明。赵启明看出她纳闷，解释说："我来看安安，想起叶扬也在这里，过来看看。"

伏苓恍然大悟，问："——还好吧？"

——是赵启明女儿的小名，原来拟定那么多名字，后来都没用上。因为裘安意外过世，赵启明给女儿取名叫忆安，小名便叫做——。

"我爸妈带着她，刚刚病了一场，这几天才好。"赵启明形容憔悴，全不复往日潇洒风流的派头。女儿一落地裘安就不在了，在医院央求别的妈妈帮忙喂了几天，后来改奶粉，出了不少问题。不光小孩子受罪，大人们也都被折腾得鸡飞狗跳。

赵启明拜过叶扬后，又带伏苓去看裘安，路上问伏苓今后打算，伏苓便问："你们公司还招人吗？我是说……别的城市，或者，外派到别的地方，我想换个环境。"

"有个机会，不知道你肯不肯。"

赵启明所在的晨音科技，是从伏苓原来在的南方电讯出走的几位骨干创办的，在飞速增长数年后，这两年被南方电讯疯狂打压，甚至不惜以本伤人。终于在今年夏天，因为资金短链又融资失败，被南方电讯的主要竞争对手光年通信收购。赵启明在晨音时做得不错，所以公司被收购对他来说影响并不大，反而争取到一个新的机会。

"我们这条产品线，光年以前是弱项，收购之后想整合加强，上面想派一个小组去香港。我带队，定五个人，主要还是挑做熟的，不过如果你想换个环境的话，我应该能控制一个名额。"赵启明欲言又止，半晌后坦白私心，"其实也是我想找你帮忙。养孩子开销这么大，我要是答应过去，经济上肯定宽裕很多。现在主要发愁要不要带——过去，留给我爸妈照顾吧，一来我舍不得，二来老年人带孩子那套方式，我接受不了。带过去的话呢我准备雇个保姆，但是要开拓市场，工作量肯定不轻，人生地不熟的，完全没个帮手我也不放心。"

伏苓一时没敢接话，因为她的"换个环境"还停留在考虑中，而赵启明却和盘托出一整套计划。

赵启明又补充说："上次去医院看你，当时就想问问的，可是我不知道你跟裴医生是怎么打算的。"

"我们，我跟他不可能在一起的。"伏苓轻而急促地说，"我跟他两清了。"

赵启明皱着眉，斟酌良久后说："从我的私心上，你能跟我去香港自然最好。但是，我们同学也这么多年，我跟叶扬又是一个寝室的——我说句可能不该我说的话吧，如果叶扬在地下能说话、能劝人，他也会希望你有人照顾的。"

伏苓瞪着他，极不解问："你怎么能帮他说话？"

"我不是帮他说话，我是……我是觉得，就算裴医生犯过错，现在他肯这样，你为什么还要恨他呢？"

"我没有恨他。"

"那何必搞成这样？我是说，好吧，说出来你要觉得我现实，我这个人一向就这么现实。你可能还不知道，当时裴医生为什么要和你结婚？因为你查出来身体不好，他希望你高兴点，情绪好点。为这么点原因，他就愿意搭进来跟你结婚——不瞒你说，我当时听到这段话，我非常感动。"

伏苓转了老大一个弯才明白赵启明的意思，原来在赵启明的心里，裴知味的举动是被解读为"有情有义"的？她一时哭笑不得，不过想到赵启明的脾性，又不是不可理解。

"我不是不原谅他，"伏苓凄惶一笑，"我是不能原谅自己。"

赵启明一脸茫然："为什么？"

"你不能理解的。"伏苓也不知为什么,明知以赵启明的思维模式不能理解她的想法,却仍想找一个人诉说,"我不能原谅我自己。我爸爸妈妈,甚至叶扬的父母,都跟我说,忘掉叶扬吧,好好过以后的日子。我不是忘不掉叶扬,真的不是。有一段时间,我差点就忘记他了。说出来你可能不相信。我发现裴知味的医疗事故时,很生气,很生气。我来看叶扬,才发现我生气的,不是他当年犯的错。而是,他想跟我结婚,只是出于补偿和愧疚。我发现自己竟然是这样想的时候,简直不敢相信,也不能原谅我自己。"

出乎她意料的,赵启明点点头:"我明白。"

"你明白?"

"我明白,就像我知道你心里一直很讨厌我,只是因为裘安才跟我来往一样。"赵启明很无所谓地笑笑,"但是做人何必要这么累呢?"

伏苓摇摇头:"可是叶扬没有错。"

"他是没有错,"赵启明忽然冒出一句非常有哲理的话,"他只是败给了时间,或者爱情。"

拜完裘安,从憩园出来时,裴知味的车还停在路边,伏苓怔怔不语,赵启明问:"你真的要对自己这么狠?过去打个招呼吧。"

伏苓转过头,径直往外走:"我跟他,已经结束了。"

她再没回过头来,裴知味在车里看着赵启明的车消失在松柏大道上。

他的手机响了,是二手车交易的中介:"裴先生,我们这里有位客户想看看你的车,不知道你什么时候方便?"

约了时间让买主看车,裴知味开车一向谨慎,保险公司那边也没有什么事故记录。裴知味要价略高,但因为保养得好,买主纠结一番还是答应了。

准备交付前,买主带家人过来再看一回车,买主的女儿一眼相中裴知味车里的两个抱枕，抱在手里不肯离手。

抱枕不值钱，买主也没当回事，以为裴知味肯定愿意送，笑说："她最近天天就顾着砸猪，来，跟叔叔说谢谢。"

小姑娘左手抱着那只一脸愤怒的红鸟——那是后来伏苓单买的，右手抱着圆头滚脑的绿猪，喜笑颜开地说谢谢。裴知味愣了半晌，忽开口说："那个不能送。"

买主吃了一惊，没想到他会计较两个几十块钱的抱枕。小女孩死活不依，买主便掏钱包问："裴先生，这两个抱枕多少钱？"

"抱枕不卖。"裴知味声色俱厉，朝小女孩伸出手来，"还给我。"

小女孩可能在家里被宠惯了，祭出大哭大闹的常胜绝招，不料裴知味油盐不进，直接动手从她手里把两个抱枕抢过来："我说不卖就不卖。"

因为在女儿面前失了面子，买主一时尴尬无比，颇怪责裴知味："不就两个抱枕么？干吗跟小孩子一般见识，再说还是旧的。一点做人的道理都不懂，难怪穷到要卖车！"

裴知味冷冷道："我不卖了。"

拖了一周才把车卖出去，这回的买主砍价毫不手软，足足比上回谈妥的价钱少了五千块。

因为两个抱枕损失五千块，裴知味自己也觉得可笑。

第二十章 在有生的瞬间能遇到你

伏苓到香港时离春节还有一个月,本来想陪父母到过年后再去,可是公司催得紧,新整合的产品线,争分夺秒跟催命一般。

临行前她请袁锋和郐明明吃饭,她在这个城市并没有太多朋友,她以茶代酒敬郐明明:"郐医生,我一直想跟你说句对不起。"

郐明明面色古怪,问:"为什么?"

伏苓迟疑道:"如果不是我,你和裴医生本来是很好的一对。"

这回是袁锋瞪大眼问:"为什么?"

"你不会是误会什么了吧?"郐明明侧脸眯眼斜觑伏苓,想了老大一会儿后恍然大悟问,"你看到我在ICU外面——抱他了?"

袁锋尖叫道:"你居然对我哥投怀送抱?"

"注意你的措辞!"

伏苓心中一涩,原来那天模糊的印象是真的,迷蒙里看见他们拥抱,还以为是自己错觉。她努力挤出个笑容:"真对不起,如果有机会,希望你们能和好。"

"你在说什么?"

"他只是心中愧疚，觉得对不起叶扬，所以想代他照顾我。"

袁锋仍坚持问邰明明："你为什么对我哥投怀送抱？"

邰明明登时发飙："我当时心情不好，找个肩膀哭一下而已，你们俩能不能别这么庸俗！"

"男女授受不亲，肩膀怎么能乱借？"

"闭嘴！我的事什么时候轮到你管了？"邰明明教训完袁锋，转头对伏苓正色道："我跟他没火花，一直以来，都是为了应付大人才假装恋爱的，我们连手都没有牵过，你不要玷污我的清白。"

光年通信在香港的办事处设在尖沙咀，公司有其他产品线的员工已经在这里驻扎三年了。为让这批外派员工全心干活，连宿舍也一应租在附近，新老同事间彼此照应生活，倒也不算孤独。

学粤语，适应新岗位工作流程，了解新产品线的技术参数，下班还要帮忙照顾赵——。等到年前放假时，伏苓才发现自己除了采购日用品，竟没有出去玩过一次。

春节后上班第一天，赵启明就封给她一个大红包，伏苓一愣，"入乡随俗，这里的规矩，结过婚的要给没结婚的派红包。"赵启明一开口，伏苓就想起来，港剧里确实常有这一幕。

伏苓突然想，如果她当时和裴知味结婚了，现在就该是她给别人派红包了。

之后陆陆续续又有其他已婚的老员工给伏苓派红包，十块二十块五十块都有，图个吉利。赵启明封得最多，那是感谢她帮忙照顾女儿，自然另当别论。伏苓好些年没收过压岁钱，今天突然收入近千块，乐滋滋的，问赵启明："我今天申请下班后去逛街，好不好？"

赵启明摇摇头好笑："我批你可以提前两小时下班出去逛，丁哥的老婆儿子过来玩，晚上能帮我照顾——，你放心去玩吧。"

就近去逛星光大道和维港，海风清而凉，捎带些许春寒，伏苓平时在办公室吹多空调，此时沐着自然风，倒更有几分惬意感觉。

距离上次来时已过去大半年，香港的变化并不多，伏苓忍不住想，物是人非，大概就是这么个意思。

她试图回忆上次来时，在什么地方都和裴知味说些什么，竟然毫不费力。

天时尚早，伏苓干脆坐海底隧道去对面——几个老同学听说她现在常驻香港，纷纷托她买化妆品手袋首饰一类。她掏出手机调出购物清单，一样一样买过去，最后竟去到轩尼诗道那家Tiffany。

幸而售货员已认不得她。

提着大包小包，实在没有力气走路，伏苓走到路口准备叫出租车，刚伸手却被出租车上刷的广告吸引住：

在有生的瞬间能遇到你，竟花光所有运气。

伏苓只觉身体里某个部位，一瞬间被击中，定在那里不能动弹。出租车停在她面前，司机问她走不走，伏苓上了车，老半天才想起来问："车身上为什么印着歌词？"

"一个公司花钱打的广告。"

在有生的瞬间能遇到你，竟花光所有运气。

伏苓来到香港后，头一次感到寒冷、孤单和寂寞。

即使这城市高楼林立人流如织，即使每一个街角都灯火辉煌，即使公司有许多同事互相照应。

但这城市里没有他，一切都变得没有意义。

叶扬离开时，她曾经试图安慰自己——总有一天，时光会抹平这一切的，那些纯纯的情和暖暖的爱，她都能小心收拾，妥善掩埋，然后，大步迈向新的生活。

而今，当她终于能小心收藏关于叶扬的一切时，时光也开始轻轻擦去裴知味在她生命里的痕迹。

可有一样东西，是抹不掉的。

他在她胸口留下的切口伤痕。

伏苓想，裴知味一定是在做手术时，从那里带走了些什么，不然为什么她走到哪里，都觉得心上缺了一块？

她掏出手机，拨给郜明明，想问问她有没有裴知味现在的联系方式——趁时光的魔手，还没来得及擦去一切。

谁知郜明明的电话不通，也许又在加班。

一夜失眠，第二天上班，赵启明见她形容憔悴吓了一跳，问："你身体没问题吧？"

"挺好的，没什么不舒服。"

赵启明不信："该不会是手术之后的遗留问题吧，你这个手术是不是要定期检查？你在这边的医疗保险，行政已经办好了，抽空去看看吧。"

伏苓依言去复查，接待她的周医生三十出头，眉目间也颇为清冷。伏苓每一恍神，便错觉这不是在香港，而眼前的医生是裴知味，忍不住傻笑起来。

如此几次，周医生也十分诧异，问："伏小姐今天心情很不错？"

伏苓低头汗颜，心道周医生一定把她当成了花痴。

看她病历时周医生又说："原来你就是这起手术的病人。"伏苓一愣，周医生解释说："手术难度很高，你的主治医生水平很棒。"

去缴费的路上又碰到周医生，伏苓冲着他一阵傻笑，笑过便觉得自己太丢脸，低头匆匆从他身旁走过去。走过两步伏苓才回过神来，不对呀，医生是穿白大褂的，这个人没穿呢！

她回过头来，那人还站在原地，只是也回转身来，凝视着她。

伏苓想，原来她这一生的运气，还没有彻底用完。

没有说"好久不见"，也没有问"你还好吗"，只是一个人说"我来复查"，另一个人说"我来递资料"。

周医生见他们两人一同进来，笑着跟裴知味说："我正准备打电话问你怎么还没来，想告诉你你的病人在我这里。"

复查完裴知味陪她出来，两人都藏着满腹的话想要问对方，却谁也没有开口。沉默着僵持一阵，裴知味轻声说："你先说。"

伏苓把她跟赵启明一起外派到这里来的事简要说明，问："周医生刚才说希望和你成为同事，你要到这家医院来吗？"

"刚通过第一轮考试，接下来还有面试。"

"你什么时候来的？"

裴知味说了日子，原来他来香港比伏苓还要早两周。香港的罗先生联系他，问他愿不愿意来香港发展。罗先生本人是一家私立医院的董事，介绍他进去并不困难，他考虑再三，还是决定先考公立医院。

"不是说私立医院收入比较高吗？"

裴知味笑："是，私立医院工作清闲收入高，但是经济低迷，许多原来看私立医院的中产阶级为节约也改到公立医院。私立医院里很多医生也是在公立医院攒足经验和客源，才自立门户，我初来乍到，没有什么固定的客户。尤其我这一科，在公立医院才有足够多的临床机会。"

伏苓在心里默默替他补充——也只有在公立医院，能救治更多病人。

他这个人，最善于用最自私的借口，掩饰他最热切的心。

他们在医院附近的茶餐厅喝下午茶，伏苓见裴知味一直盯着她的头看，便问："怎么了？"

"你把头发剪了。"

伏苓鬼使神差地说："别人说失恋的人都会去剪头发。"

裴知味一时拿不准她说"失恋"是什么意思——是终于把叶扬放下，还是剪断和自己的……他揣测许久，不敢轻易开口。食不知味地吃完菠萝包，结完账，到伏苓跟他告辞，转身，一步一步离去，裴知味方恍悟过来：哪一种又有什么关系，不都是一个意思么?放下叶扬固然很好,若不是,不也证明——原来在她心里,他们是"恋"过的?

他疾步上前,跟在她身后:"我送你。"

不等伏苓回应他加紧问:"你住哪边?"

伏苓双手插在兜里,笑笑:"难得出门,我还准备四处逛逛呢,回去又要帮忙带孩子。"

裴知味跟在她身后,保持着半步的距离——手挽手并肩而行,那是上次来香港时他的特权。如今时过境迁,半步,好似是他和她现在,最好的距离。

他的目光一直落在她短发上,没多久她也发觉了,歪头问:"你在看什么?"

裴知味笑笑:"我觉得女人还是长头发好。"

伏苓拨拨额前刘海,笑着扭过头去,裴知味只好补上一句:"不过你短发也不错。"

"没诚意。"

"嗯?"

"我说你这句话没诚意,一听就知道是敷衍话。"

裴知味紧跟她脚步,半晌后才笑笑,认真说:"我很少敷衍人。"

这句倒是真话,他很少敷衍人,因为不喜欢,也用不着,没什么人是他必须要敷衍的。只有她,只有和她一起,哪怕是为了讨她高兴,他也情愿说几句,这种敷衍的夸奖话。

伏苓却嗤的一声:"是啊,你很少敷衍人,你只敷衍我。"

这句话又杀死裴知味许多脑细胞,因为听起来太像撒娇,可是,现在的伏苓还会跟他撒娇么?

他实在不敢相信。

伏苓的工作算不得清闲,薪水固然比原来高,开销也大很多。

新到一处总有不适应的地方，每天总要多留一个小时检查首尾才能安心下班。周五下班后清点好一切，正准备下班，忽接到裴知味的电话——伏苓有些诧异，自上次碰面后他们未再联系，明明都留了电话，却都没有主动打给对方。

"你吃过饭没有？"裴知味那头问得犹豫，伏苓猜他要约她吃饭，便说没有，谁知裴知味又说，"我也没有——可惜我还要开会，哦，忘了告诉你，我今天入职，好多手续和会，不然可以一起吃个饭。"

伏苓口里说没什么，笑容却讪讪的，又想幸而是打电话，他看不到她的表情。两人都沉默片刻，伏苓问："你有事找我？"

"也没什么大事，"裴知味顿了一顿，"我记得你好像有一阵喜欢莱昂纳多？"

"不是有一阵，我现在也很喜欢他。"

"我前两天在音像店看到一张DVD，好像是他的电影，叫《飞行者》。我问过老板，说大陆没有引进，看介绍还不错，你……"他声音里不小心流露出一丝惴惴，"你看过没有？"

"没有，你看完借我？"

"要不——你到我这里来看吧？明天正好周末，"他话音急促，像是要一鼓作气把所有的话都一气说完，"我这里设备好一点，你明天没事吧？"

伏苓手指在办公桌上画着圈，隔板玻璃恍恍惚惚地映出唇边笑涡，她无声偷笑半晌，才低声答道："好的，你准备明天什么时候看？"

裴知味坐几站地铁过来接她，再坐几站地铁带她回去。他租住的公寓比她的宿舍宽阔许多，洁白的墙壁，崭新的家具。伏苓把手按在墙壁上慢慢踱进来，尺寸巨大的背投电视，目测至少六十英寸，也是崭新崭新的。伏苓心下讶异，因为她记得裴知味是不喜欢看电视的——他很看不起各式大众娱乐，说一切电视节目、娱乐报纸、时尚杂志都是用来降低智商的。伏苓现在想起他不经意时表露出的那种深入骨髓的精英范儿，忍不住又偷笑起来。裴知味一回头便见她抿唇偷笑，不解地问："有什么很好笑的事吗？"

伏苓连忙摇头："没有，我就是奇怪，你怎么突然对莱昂纳多感兴趣了。"

裴知味板着一张脸，很严肃地说："这部电影是霍华德·休斯的传记片，霍华德·休斯是好莱坞初期有名的电影大亨，还是漫画版《钢铁侠》的原型，对航天业的发展很有贡献。"

他帮她泡茶，把DVD碟片放进去，婉转的音乐，沉缓而意境深远的童年时光……上世纪美国最富传奇色彩的人物之一，霍华德·休斯激越冒险的一生如画卷般拉开……莱昂纳多一出场，伏苓就开始犯花痴，裴知味不解问："你怎么这么喜欢看帅哥？"

"我们莱昂纳多是演技派！都是被《泰坦尼克号》给耽误了，一入花瓶深似海，从此演技是路人，"伏苓撇嘴道，"他十六七岁演的那些片子可有灵气了！"

裴知味不敢同她顶嘴，从茶几下掏出薯片递给她，伏苓越发诧异："你有朋友过来玩？"

"我到这里没多久，每天下班回来还要看书，哪有什么朋友。"

伏苓叼着薯片，心道没有朋友你这里怎么会有零食？想来想去也理不清头绪，再看裴知味正全神贯注地看电影——他们原来也常窝在她那里看电影，不过大部分时候他并不专心，总是看着看着就睡着了。为了不瞌睡，后来他们边看片子就边聊天，聊些演员的八卦，多数时候也是伏苓说裴知味听，因为裴知味实在没有什么娱乐细胞。

"你说莱昂纳多什么时候才能拿一次奥斯卡影帝呢？"

裴知味愣愣，问："他还没拿过吗？我记得《泰坦尼克号》很红啊。"

"奥斯卡那群臭老头,分明就是嫉妒他长得好,我看他们是想等他熬到七老八十的时候再给他一个终身成就奖吧!"

"他还年轻,应该有的是机会吧。"

"快四十了!"

裴知味对奥斯卡评审规则素无研究,不敢轻易置评,他对霍华德·休斯的生平略知一二,但莱昂纳多,他实在谈不上了解。他认为莱昂纳多的表演和霍华德·休斯的形象很搭,但又不知道是莱昂纳多本身气质如此,还是演技精湛所致,所以不好接话,只问:"他今年有电影角逐奥斯卡吗?不如这样吧,如果他拿了影帝——不管哪一年,我就……"

"你就怎么样?"

"我就,"裴知味顿在那里,不知怎么说下去,他就怎样呢?伏苓眼睛圆圆瞪着他,他闪避不得,只好说,"我就请你去凯悦酒店的Hugo's吃自助餐。"

裴知味原本想说"不如我们重新来过",可又怕那前提设得太毒辣,万一奥斯卡的评审真就嫉妒帅哥,一辈子不让莱昂纳多拿影帝呢?他又想起在太平山上的那个夜晚,他说"不如我们结婚吧",那样的话,也是可一而不可再了,即便能哄得她结婚,到底哄不到她的真心。

一切也不过如此了。

至少,他们现在还能坐在一起看场电影,他应该知足。

电影里霍华德·休斯驾驶着一架水上飞机从云端飞来,在海涛声中走向凯瑟琳·赫本。他教她驾驶飞机,一同在云端俯视脚下山峦;他打破横跨美洲的飞行纪录,第一件事是给她发去贺电……

然而个性的相似导致两人冲突不断,他游走在好莱坞的衣香鬓影里,终于激怒凯瑟琳·赫本。他们大吵一架,霍华德·休斯在愤怒中烧掉所有和凯瑟琳·赫本在一起时所穿过的衣服。

他继续游遍芳丛,他有洁癖、强迫症,情感丰富,完美主义,喜欢孤注一掷,不向任何人、事和势力低头,他为自己的航空梦想险些丢掉小命。

然而他的暮年生活近乎隐居,没有人知道他在哪里,死去时人们竟然无法从容貌上辨别他,不得不依靠DNA检验才能断定他的死亡。

伏苓免不了哀叹一句:"赫本不理解他。"

裴知味瞅着她笑:"因为他太爱自己了吧。"

"胡说,这么多女人,他只爱过凯瑟琳·赫本。"

"你怎么知道?"

"他肯喝凯瑟琳·赫本喝过的牛奶,"伏苓怕他不明白,补充道,"在飞机上,赫本喝了一口的牛奶,他犹豫了一下,还是喝下去——他有洁癖。"

裴知味拿起遥控器往回倒,一直后退到霍华德·休斯和凯瑟琳·赫本驾驶飞机的部分:"我没注意到,再看看。"

"你——"伏苓忽然住口,裴知味回头,她连忙说,"没事。"

裴知味喝的是她杯子里的水。

伏苓知道裴知味一向也是有洁癖的。

他们用的是一色的玻璃杯,也许裴知味只是拿错了。

电影又放到霍华德·休斯端着牛奶瓶,递给正在操纵驾驶盘的凯瑟琳·赫本,她喝过一口,他犹豫了一下,又继续喝了下去。

我真傻,伏苓忽然想,我是天下第一号大傻瓜。

能让一个有洁癖的人,与人分享同一瓶牛奶的,只有饥饿和爱情。

而她竟一直以为,裴知味并不爱她。

伏苓知道裴知味不喜欢看电视剧,然而每个周末她窝在家里扫片，他也耐着性子陪她。

裴知味七年只休过一次假，却在发觉她的病情时空出一周陪她旅游。

他还留着前年年会抽奖时，她送的绿猪抱枕和后来买的红鸟抱枕。

当然，裴知味也不喜欢莱昂纳多，家里的电视和碟机都是他新买的，零食也是。兜这么多圈子，只是想多一个借口，能邀她过来。

第二个周末裴知味又打电话给她，说他准备买车，请她帮忙看看；第三个周末，裴知味约她去看赛马，在沙田马场过了一把瘾。

裴知味送伏苓回宿舍时撞见赵启明，他推着婴儿推车遛完女儿回来，看到裴知味送伏苓到楼下——他每次都送她到这里，看她上楼，开灯，然后才离开。赵启明冲伏苓使个眼色，把她叫到一旁问："他追你追到香港来了？"

"不是，他一个朋友，在香港混得还不错，介绍他过来，我们在医院遇到的。"

"不错啊，"赵启明喜滋滋的，"有缘千里来相会！"

"有你个鬼。"

赵启明听她这么说，愣了一下，问："还没和好呢？"

"不知道怎么开口。"

"你不知道怎么开口还是他不知道怎么开口？"

"我不知道，他也不知道。"

赵启明笑起来，觉得这是特别可乐的一件事。裴知味看他们有事聊便准备告辞，赵启明忙拉住他，又跟伏苓说："我跟他聊两句。"他挥挥手让伏苓推女儿上去，送裴知味到路口，问裴知味何时来香港，又问近况如何。如此客套了一圈后，赵启明摇摇头长吁短叹，说："裴医生，我跟你说个事，你帮帮忙。"

裴知味讶异问道："出什么事了？"

"我跟伏苓都跳槽了，你知道的吧？就我们现在那公司吧，最近业务拓展得比较凶猛，海外市场扩张得非常厉害，尤其是非洲。"

裴知味皱起眉："你要去非洲？"

"不是我，是伏苓。"

"什么？"裴知味登时变色，连声音都陡然提高，"她一个人，往非洲跑干什么！"

赵启明干笑两声："这个原因就比较复杂也比较多，最最主要的还是经济问题。你看伏苓这年纪也不小，又没存住什么钱，这回一场大病，人病过之后吧，世界观都会发生变化。伏苓现在就想多赚点钱，给她父母，也给她自己一点安全感。"

裴知味眉头深锁："那也犯不着跑到非洲去，她这身体怎么能去那里。"

"可不是，我也这么说！可是她态度特别坚决，说自己反正孤家寡人，也没什么牵挂……"赵启明信口乱掰，见裴知味神态已十分焦躁，便见好就收，"你看，我要是劝吧，说服力不大，也没多少立场。这事，就拜托裴医生了啊！"

赵启明拍拍裴知味肩膀以示安慰，上楼后找同事借了个看演唱会用的简易望远镜，叫伏苓过来他这边。伏苓被他闹得稀里糊涂，问："你都跟他说了些什么？"

"来来来，看看你的裴医生，对，就在那里。"

通过望远镜看到街上，裴知味倚在车边，一时又走来走去，神态颇为烦躁。这样来来回回转了一刻钟后，他掏出手机，伏苓的手机马上响了："你现在能下来一趟吗？"

"有什么事吗？"

"你下来。"裴知味声音十分严厉，口吻全是命令式的。

伏苓还穿着拖鞋，见他催得紧，只好就这么下去。一下去就被裴知味塞进车里，她问去哪里，裴知味也不答话，只说"带你去一个地方"。

到达立法会大楼时，已是薄暮时分，泰美斯女神的雕像在暮色里显得更为冷肃。裴知味下了车，帮伏苓打开车门，握住她的手牵她下来："我到香港来的第一天，又到这里来过。"

伏苓不明白他的意思，只以目光相询。

"我们第一次来这里的时候，你问我，为什么正义女神泰美斯，要蒙住眼睛。"

伏苓点点头："你说是因为做决定的时候，不能考虑任何和事实无关的因素。你还说，医生和律师有点像，治病救人的时候，不应该考虑病人的身份。"

"其实——不止律师和医生这样。"裴知味顿一顿，努力整理好思路，"我上次一个人来这里，是因为，我想问自己，那时候为什么会向你求婚，为什么想要照顾你。你身体检查出状况，我除了担心，还有一点⋯⋯是高兴。不是高兴你生病，而是因为，它给了我一个道义上的理由不能离开你。叶扬的事也是一样，你以为我是想补偿你，我也跟自己，甚至跟我妈妈说，我做错了事，所以要补救。不是这样的，其实是，它也给了我一个理由，让我不用思考，是不是爱上你。我上次在这里，蒙住眼睛问我自己，不要同情，不要怜悯，更不要补偿，只问我的心，我是不是想跟你在一起？答案是YES。即使我们认识的那天，你只是因为寂寞而随便寻找一个什么人，我也很高兴，成为随便那个什么的人是我。直到今天，我的心意仍和我们去年到香港时一样，我不想我们只是朋友。我很贪心，得寸进尺，我想和你在一起。"

伏苓设想过许多可能的情景，是她先跟裴知味挑明，还是裴知味死要面子给她暗示，唯一不曾设想过的，是他如此赤诚的剖白。

她愣在那里不能言语，裴知味又说："如果，你还是无法原谅我，我永远不会再跟你提这件事，我们可以就像现在这样。"

他笑容局促:"这话好像我上回也说过,不过你放心,这次是真的。如果你不愿意,我会努力把握我们往来的尺度。但我还是希望你留在这里,即使保持距离,我也希望,你在我能看到的地方。"

伏苓鼻子酸酸的,埋着头不敢抬起来,不敢看他,不敢开口。她怕一抬头眼泪就要掉出来,怕一开口就会哽咽,只能低着头,她的脚尖对着他的脚尖,笔直的裤管,精瘦的腰……她沉默得太久,久到让裴知味失去希望,他长长叹了一口气,说:"好,我知道了,对不起。"

到底还是这结果。

这些天以来,他不断地退,不断地退,生怕自己有要求,会把她吓跑。

只要她没有明确说不,一切都可以挽回,假装他们还可以做朋友。

如果她说了不,他这么骄傲的人,除了掉头就走,还能怎么办?

这感觉好似心脏失血——不是大动脉被切割热血狂飙,是静脉上割开一道小口,静静地,缓缓地,血液流不回心脏,一步一步迈向死亡。

两人静默地对峙,裴知味又说:"我送你回去吧,对不起,耽误你这么久。"

他虚扶着她去取车,不像原来走到哪里都是牵着她的手,也不像这些天跟她保持半步的距离,她懵懵懂懂地上车,而他许久都没有发动引擎。

车里的气氛凝滞很久,伏苓忽然开口:"其实我看过《飞行者》。"

裴知味猛转过头来,伏苓又说:"在你那里,是第四遍看。"

伏苓想他肯定已经明白了,因为他伸出一只手来握住她,这姿势一直保持到车开到她住的地方。

路上他无头无尾地说了一句:"我现在,没什么钱。"他说这句话时像有些不好意思,伏苓却想起他们第一次见面时,裴知味那副得瑟劲儿。

停好车后,她下得车来,裴知味依旧牵着她的手,慢慢踱到她楼下,两人在楼下僵持半晌,她终于想起要开口:"你要不要,上来喝杯茶?"

裴知味终于笑起来:"好,正好我想上个卫生间。"

上楼时裴知味难得地哼起歌儿来,他不记得哪本书的结尾处写:歌唱完了。什么歌都有唱完的一天,但他和伏苓,注定还没完没了。

【完】